CB017113

TARA L. AMES

DIABO PRESUNÇOSO

Traduzido por Carol Dias

1ª Edição

The
GiftBox
EDITORA

2023

Direção Editorial: **Revisão Final:**
Anastacia Cabo   Equipe The Gift Box
Preparação de texto: **Adaptação de capa:**
Carla Dantas   Bianca Santana
Tradução e diagramação: Carol Dias

CIP-BRASIL. CATALOGAÇÃO NA PUBLICAÇÃO
SINDICATO NACIONAL DOS EDITORES DE LIVROS, RJ
Gabriela Faray Ferreira Lopes - Bibliotecária - CRB-7/6643

A538d

Ames, Tara L.
Diabo presunçoso / Tara L. Ames ; tradução Carol Dias. - 1. ed. - Rio de Janeiro : The Gift Box, 2023.
176 p.

Tradução de: Cocky devil
ISBN 978-65-5636-293-9

1. Romance americano. I. Dias, Carol. II. Título.

23-85218   CDD: 813
CDU: 82-31(73)

DIABO PRESUNÇOSO é uma história independente inspirada em *Cretino Abusado*, de Vi Keeland e Penelope Ward. É publicado como parte do mundo Cocky Hero Club, uma série de trabalhos originais, escritos por vários autores e inspirados na série best-seller do New York Times de Keeland e Ward.

ALEX

Além do hóquei e do sexo, não havia nada melhor do que esquiar montanha abaixo mais rápido do que uma flecha, com o vento batendo no rosto e a adrenalina correndo nas veias. Ou, quando você avistava uma gatinha da neve que parecia gostosa deslizando em direção a um teleférico no sopé da colina. Bem, foda-se, eu não me importaria de ficar com ela.

Assim que cheguei ao final da minha corrida, encontrei meu amigo Pierre Garnier, um companheiro de Los Angeles Devil e um baita jogador de hóquei, empilhando seus esquis em cima do enorme ombro, como se fossem nada mais do que um par de galhos.

— Não dá para acreditar que você está desistindo. Você é tão covarde.

— Já esquiei o suficiente por um dia. Meu pau está congelando. — Seu sotaque francês transparecia no vapor branco que saía de sua boca. — Eu vou entrar.

O sol começou a se pôr no topo da montanha Whistler. Muitos esquiadores já estavam de volta ao alojamento, aproveitando o *happy hour* ao lado de uma lareira acesa ou se aquecendo em uma banheira de hidromassagem.

Mas eu não.

Eu queria pegar aquela gatinha da neve antes que ela pulasse para longe. Despedi-me rapidamente de Pierre e arrastei-me até aquele teleférico onde ela estava esperando na fila.

Felizmente para mim, era uma fila curta e consegui ficar atrás dela. Olhei para a grossa trança preta coroando a parte de trás de sua cabeça. Ela não devia ter mais de um metro e sessenta. Eu era uns trinta centímetros mais alto. Vestida toda de branco, usava um macacão de neve justo com um cinto que delineava suas curvas em todos os lugares certos, aumentando meu tesão em vários níveis.

Eu tinha que pensar em algo rápido para chamar sua atenção — precisava ver seu rosto. Quando eu estava prestes a dizer algo, a operadora sinalizou para ela se mover para a linha vermelha.

Com os dois bastões de esqui na mão esquerda, ela foi até lá, me dando uma visão ainda melhor de seu traseiro.

Legal.

Legalmente delicioso.

Perdendo a chance de conhecê-la, teria que pegá-la no alto da colina e tentar de novo. De jeito nenhum eu poderia deixar passar este deslumbrante rabo de algodão.

A operadora acenou para mim.

— Ei, amigo, estamos formando duplas. Vamos lá.

Caramba, sim. Não precisava me chamar duas vezes. Deslizei rapidamente para lá, como se estivesse andando de patins em vez de esquis, e parei ao lado dela. Enquanto ela olhava por cima do ombro, procurando a cadeira, captei um vislumbre de seu rosto bonito e quase desabei em meu assento quando bateu na parte de trás dos meus joelhos. Eu mal podia esperar para dar uma melhor olhada nela.

Uma vez amarrado com a barra de segurança abaixada, pensei em quebrar o silêncio entre nós e começar a conversa com uma pergunta simples e um sorriso que geralmente fazia a maioria das mulheres querer tirar suas calcinhas para mim.

— Esquiou o dia todo?

— Não. Comecei tarde. — Deu-me um sorriso tímido, refazendo totalmente o significado da palavra sexy.

Eu não esperava ficar deslumbrado com isso e respirei fundo.

Quando começamos nossa breve jornada pela encosta da montanha, o vento aumentou, espalhando sobre nós uma rajada de neve fresca dos picos e balançando a cadeira. Um súbito suspiro escapou dela. Com os olhos fechados, ela segurou a barra com força, sentando-se ao meu lado mais rígida do que um taco de hóquei. Parecia mais pálida do que os flocos de neve brancos cobrindo seus cílios longos e sedosos.

— Não me diga que tem medo de altura?

— E-está mais para ficar petrificada. — Seus dentes batiam.

— Talvez eu não devesse perguntar isso, mas o que diabos você está fazendo aqui então?

— Sei que parece loucura, mas adoro esquiar. Ficarei bem assim que estiver na encosta.

— Minha irmã mais nova tem medo de altura. — Tudo bem. Tínhamos duas coisas em comum até agora: esqui e fobias. Empático com sua situação, esperava colocar seus medos para descansar, por isso, falei com uma voz calma e firme: — Respire fundo.

— Não vejo como isso vai ajudar. — Mesmo com as bochechas brancas, macias e cremosas, ela ainda segurava a barra de segurança como se sua vida dependesse disso.

— Olhe para mim — pedi baixinho.

Lentamente, ela virou a cabeça e encontrou meu olhar. Seus olhos eram da cor de martinis azuis cintilantes e seus lábios rosados e carnudos... perfeitos para os beijos de um homem... perfeitos para os meus. Deus me ajude, eu só a conhecia há menos de dois minutos e já estava me apaixonando por ela. Isso era diferente pra caralho de quem eu era.

Claro, eu gostava da companhia feminina. Muitas companhias. No entanto, esta me fez ter muitos pensamentos sérios. Como casamento e fazer bebês... com ela. Ela definitivamente estava me irritando. Era uma atração instantânea que não pude negar.

Cara, eu precisava me controlar. Nem sabia se ela era casada ou não.

— Eu sou Alex. Qual o seu nome?

— M-Madison. — Ela olhou para baixo, para os topos dos pinheiros que ladeavam a encosta da montanha. Um arrepio visível deslizou por seus braços e pela parte de trás de seus ombros esbeltos. Outro suspiro deixou seus adoráveis lábios carnudos.

— Ei, está tudo bem. Mantenha seus olhos em mim.

Ela fixou o olhar no meu e piscou, enviando uma forte sacudida através de mim. Do tipo que apertava meus músculos e deixava meu cabelo em pé.

— Você é muito gentil por tentar me ajudar a passar por essa jornada de terror. — E riu baixinho.

Já fui chamada de muitas coisas, mas "gentil" nunca foi uma delas. Gostei de ouvir isso em seus lábios, no entanto.

— Quanto tempo você vai ficar aqui?

— Estou partindo amanhã.

— Eu também. — Isso não me deixou muito tempo para conhecê-la. E eu realmente queria muito conhecê-la. Ela tinha todo o pacote sexy, tudo embrulhado em um macacão justo que abraçava e delineava cada uma de suas curvas finas. Curvas que eu não me importaria de dedicar toda a minha atenção. — Já esteve aqui antes?

— Nunca. Essa é minha primeira vez. E você?

— Já estive aqui algumas vezes.

— Acho que você também adora esquiar... ai, Deus. — Um forte vento do norte balançou a cadeira novamente, levando Madison a tremer em seu assento.

— Está tudo bem — tranquilizei-a, com uma voz calma. — Estamos seguros.

— Desculpe. Sei que estou agindo como uma tola.

— Não, não está. Estou surpreso que você esteja disposta a passar por isso. Minha irmã nunca andaria em um desses, nem mesmo se lhe oferecessem um milhão de dólares.

— Claramente, ela é muito mais esperta do que eu. — Um sorriso apareceu nos lábios de Madison, banhando-me em arco-íris, luz do sol e pura luxúria.

— Então, há quanto tempo você esquia? — perguntei, grato por ter a chance de me sentar ao lado dela.

Madison me lançou um rápido olhar de lado.

— Menos de um ano. Não desci em pistas que exigem certa experiência até esta viagem. Apenas pistas de iniciantes.

— Espero que você já tenha descido esta colina antes. Não quero alarmá-la, mas há manchas de gelo nesta aqui.

— Esquiei nela, mas apenas uma vez. E é claro que eu caí. No entanto, desta vez estou determinada a passar por isso sem cair de bunda.

Ela poderia cair de bunda em mim a qualquer momento.

— De onde você é?

— Originalmente de Michigan.

Porra, de jeito nenhum.

— Eu também. Onde em Michigan?

— Ann Arbor. E você?

— Novi, mas agora minha casa é em Hermosa. Na Califórnia — acrescentei.

— Isso é tão esquisito. — Madison balançou a cabeça em total descrença. — Recentemente me mudei para lá. Que mundo pequeno.

— Isso é estranho. — Fiz uma oração silenciosa, agradecendo aos deuses por minha inesperada boa sorte. — Você se mudou para lá por causa do trabalho do seu marido? — Sim, essa foi a minha maneira de tentar descobrir se ela era casada ou não. Eu esperava demais que ela não fosse.

— Não — disse, calma. — Não sou casada.

Obrigado, Jesus. Inalei e imediatamente senti a sensação de queimação ao respirar o ar frio. Ou foi por respirar Madison?

— Fui para lá — continuou — por causa de uma nova oportunidade de carreira.

E uma grande oportunidade para eu conhecê-la melhor.

— Então, o que você vai fazer em Hermosa?

— Vou… ah, estamos chegando ao topo. — Sua voz foi aumentando com pânico e ela fechou os olhos com força.

O elevador parou repentinamente, sacudindo a cadeira. Nós avançamos ainda presos em nossos assentos com nossos esquis pendurados no ar bem acima das pedras cobertas de neve. Um vento gelado uivava ao nosso redor, sacudindo ainda mais a cadeira.

O rosto de Madison se inflamou de medo.

— Por que não estamos nos movendo? O que você acha que é o atraso?

— Tenho certeza de que não é nada. — Provavelmente foi um problema com um esquiador saindo do teleférico ou algo mecânico, mas eu não queria dizer isso a ela para não deixá-la ainda mais alarmada.

Gentilmente, mudei meu peso no assento e estiquei as pernas para a frente. Engoli em seco as palavras "foda-se" e "maldito", estremecendo com a súbita dor aguda em meus joelhos. Eu teria que ir com calma para descer esta pista.

— Você está bem? — Ela me lançou um olhar assustado e cheio de preocupação.

Aparentemente, meu desconforto não passou despercebido.

— Estou ficando muito rígido, sentado aqui. — E por jogar hóquei por mais de vinte anos. Muito desgaste no maldito corpo. Mas eu não queria pensar nisso agora, não quando estava sentado ao lado dessa linda gatinha que entrou na minha vida do nada.

— Há quantos anos você esquia? — Sua voz tremeu.

— Desde que eu tinha três anos. Quando não estava esquiando, estava patinando no gelo.

— Eu também. Quero dizer, patinar. — Ela olhou para a frente, tremendo de apreensão. — Gostaria que essa maldita coisa começasse a se mover novamente.

Eu não estava com pressa. Depois de terminar uma das piores temporadas da minha carreira profissional, esta era a primeira vez em meses que pude me divertir sem ficar chateado ou com raiva.

— Conte-me sua primeira memória sobre patins. — Achei que, se a mantivesse falando, isso a afastaria de seus medos.

— Lembro-me de estar patinando em dupla, segurando a mão de minha mãe. Estávamos em um lago congelado. Era um dia tão claro e ensolarado que o reflexo no gelo quase me cegou. Um skatista apareceu do nada e deu uma cambalhota. Pensei como isso parecia divertido. Então acho que você poderia dizer que foi quando me apaixonei pela patinação. E você?

— Todo inverno, meu pai inundava nosso quintal com água e o transformava em um rinque congelado. Meus irmãos mais velhos adoravam me usar como disco quando eu era criança. Eles me batiam no gelo com seus bastões.

— Sem chance. É sério? — Sua voz sorridente combinava com a diversão em seu rosto bonito.

— Sim. Não doía, no entanto. Com meu macacão de neve, eu parecia um marshmallow inchado. Mas uma vez que peguei um bastão nas mãos e aprendi a andar sobre os esquis, tudo mudou.

— Como assim? — ela perguntou, parecendo sinceramente interessada.

— Por um lado, eu poderia ultrapassar todos os meus irmãos. Meu irmão mais velho, Callum, costumava me chamar de "rapidinho filho da puta" sempre que nossa mãe não estava por perto. — Eu parei. — Desculpe o palavrão.

Uma risada silenciosa a deixou.

— Você deve ter sido um menino adorável.

E aposto que ela ficaria adorável em uma banheira quente.

— Minha mãe achava que sim; meus irmãos, nem tanto.

— Jogou muito hóquei quando era criança?

— Você poderia dizer isso.

— E sente falta de jogar?

Olhei para ela por um longo segundo. Essa mulher não fazia ideia de que eu era Alex Kane, um dos melhores defensores da liga, que ganhou quatro Copas Nacionais. Ou o jogador que deixou passar mais discos na temporada passada do que jamais havia feito em toda a porra de sua carreira. Alguns já diziam que era hora de se aposentar e até me chamavam de velho. Eu. Velho? Cristo, eu tinha apenas trinta anos.

No entanto, havia muitos que ainda me apoiavam. Se Madison fosse uma das minhas fãs, eu já teria sido convidado para o quarto dela. Parte de mim estava aliviado por ela não ser como eles, enquanto outra parte desejava que ela fosse — e eu sabia muito bem qual era a parte também.

Finalmente respondi a ela com uma pergunta:

— Acho que você não gosta de hóquei?

Suas feições endureceram, assim como seu tom.

— Eu costumava gostar de assistir, mas não gosto mais.

— Por que não? O que fez você mudar de ideia sobre o esporte?

— Ah, graças a Deus, estamos nos mexendo de novo. — Madison soltou um suspiro de alívio, soprando um rastro de ar frio e úmido.

Claramente, ela não queria falar sobre isso. Como não queria perder nenhum ponto com ela, decidi não insistir. Ainda assim, não pude deixar de me perguntar o que ela tinha contra o esporte.

Enquanto subíamos a montanha, Madison parecia melhor. Ela não estava tremendo tanto.

— Mal posso esperar para chegar ao sopé da colina. Meus pobres dedos das mãos e pés estão tão dormentes que mal consigo senti-los.

Eu gostaria de poder aquecê-los. Inferno, eu queria aquecer seu corpo inteiro. Desviei o olhar para os picos das montanhas, qualquer coisa para me distrair de despir Madison com os olhos e fantasiar sobre ela nua na minha cama. Ou naquela maldita banheira quente.

— Sabe por que eles chamam esta montanha de Whistler? — ela perguntou.

— Nenhum palpite.

— Chama-se Whistler, assobiador em inglês, porque representa os assobios das marmotas.

— O que diabos são marmeladas?

— Marmotas — corrigiu, com uma risada. — São grandes roedores parecidos com esquilos que se escondem nos Alpes.

Se eu fosse um, definitivamente assobiaria para Madison.

— Já vi algumas delas por aqui antes, mas não sabia que tipo de animal era.

— Ainda não vi nenhuma. Você terá que me apontar uma se encontrar.

Olhei para os flocos de neve coroando o topo de sua adorável cabeça, então tive um vislumbre de minha barba coberta de pó. Merda. Eu provavelmente parecia a porra do Papai Noel. Hmm, se fosse esse o caso, não me importaria de dar um *presente* a ela.

— Você é do tipo que gosta de encher a cabeça com todo tipo de fato aleatório?

Ela me ofereceu um sorriso brilhante, mostrando seus dentes perfeitamente brancos e retos.

— Não sei, mas gosto muito de ler. E você?

— Apenas as páginas de esportes. — *E meus extratos financeiros mensais.*

Finalmente chegamos ao topo. Depois de reunir nossos bastões, rapidamente saímos da cadeira e deslizamos para a esquerda para evitar outros esquiadores que chegavam. Nós dois paramos para ajustar nosso equipamento, o que me deu a oportunidade perfeita para fazer meu próximo movimento.

— Que tal, depois disso, você se juntar a mim no salão para uma bebida?

— Vou encontrar uma amiga lá depois que terminar esta corrida e guardar meus esquis.

— Ótimo. Vou trazer um amigo meu junto comigo.

— Ah. — Seus olhos ficaram de um azul profundo surpreendentemente surpreso, quase me levando ao limite.

— Vai ser divertido — tranquilizei-a. De jeito nenhum eu daria espaço para ela negar.

— Acho que estaria tudo bem. Claro. Venha e junte-se a nós.

Conhecendo Pierre, eu não teria nenhuma reclamação dele para encontrá-las no bar. O homem amava as mulheres. E se a amiga de Madison se parecesse com ela, então ele me devia várias rodadas de bebidas por estar em dívida comigo.

— Bem, obrigada por me ajudar a passar por esse horrível passeio de terror. — Madison agarrou seus bastões de esqui com força nas mãos enluvadas, preparando-se para a descida.

— Se eu puder ajudá-la com mais alguma coisa, é só me avisar… Pode ser uma massagem nas costas, um mergulho em uma banheira de hidromassagem.

— Não. — E riu, quase me derrubando com aquele som delicioso. — Estou bem.

— Você não pode culpar um cara por tentar. Pronta para descer a encosta?

— Você pode seguir em frente sem mim. Sou uma esquiadora terrivelmente lenta.

— Vamos, você não pode ser tão ruim assim.

— Ah, mas eu sou. Veja só.

Madison não estava brincando. Ela dava longos deslizamentos para as laterais e curvas lentas e desajeitadas. Pelo tempo que ela levaria para chegar à base, eu já estaria no meio do caminho na minha próxima corrida. Ela era muito fofa para deixar passar, no entanto.

— A encosta não está lotada. Eu poderia ficar, se você quiser alguma ajuda com suas curvas.

— Não sei como você poderia — respondeu, balançando a cabeça.

— Eu esquiarei atrás de você e direi quando deve fazer trechos mais curtos.

— Isso é muito legal da sua parte. Mas você terá que esquiar por sua conta e risco. Não serei responsabilizada se te acontecer algo. — Seu tom era leve e cheio de diversão. — Então, ainda tem certeza?

Isso aí. Esta era a mulher com quem eu queria ter filhos.

— Você começa. E eu te seguirei.

— Tudo bem. — Ela sorriu com doce resignação. — Se você insiste.

Madison começou a esquiar. Fiquei para trás, observando-a.

— Ok, agora vire. Você está indo bem. Mantenha. Vire novamente. É isso. Está encontrando seu ritmo.

— Entendo o que você quer dizer — gritou para mim por cima do ombro.

— Estamos nos aproximando de uma área congelada. Agora é quando você quer deslizar mais de lado antes de virar.

— Uh-oh. Não consigo parar. Não consigo… Aargh! — Agitando os braços, Madison perdeu o equilíbrio e se jogou para trás contra mim antes que eu pudesse sair do caminho.

Nós dois caímos no chão como dominós e caímos no pedaço de gelo, com nossos bastões espalhados pela paisagem atrás de nós.

Com as botas ainda presas aos esquis, consegui enfiar a ponta de uma delas na espessa crosta congelada e nos detivemos. *Cristo*. O que aconteceu com ser um atleta poderoso? Que baita ego ferido. Fui derrubado por uma mulher de cinquenta e cinco quilos.

Deitada de costas em cima de mim, a risada de Madison rompeu meus pensamentos.

— Isso foi embaraçoso.

Recuperando minha masculinidade, desembaracei nossos esquis e rapidamente a virei sobre meu peito.

— Na verdade, achei meio aconchegante.

— Ah, aposto que sim.

Um lampejo de interesse acalorado foi compartilhado entre nós, enviando outro daqueles solavancos direto através de mim. Jesus. O que havia nessa garota que colocou minha libido no limite?

— Você está bem? — Madison perguntou, em um súbito pânico. — Machuquei você?

Apenas meu ego.

— Estou bem. — Com sua boca a centímetros da minha, eu podia sentir seu hálito fresco em minhas bochechas barbadas e inalar seu perfume de flores celestiais da primavera e o ar fresco da montanha. — Sabe, se você queria ficar em cima de mim — eu disse, com uma voz provocante — tudo o que precisava fazer era pedir.

Seu rosto ficou vermelho escarlate.

— Você foi avisado para esquiar por sua conta e risco comigo.

Eu com certeza gostei de fazê-la corar e soltei uma risada baixa, desesperado para não pensar na maneira como era bom senti-la pressionada contra mim.

— Pronta para tentar de novo?

Madison inclinou a cabeça para o lado e me olhou.

— Tem certeza de que não quer esquiar sozinho?

Sem chance.

— Estou bem. — Por mais que eu odiasse terminar este momento, deslizei para longe dela, então me levantei, puxando-a comigo.

Depois de recolher nossos bastões, voltamos a esquiar juntos, comigo gritando uma curva ocasional aqui, uma desaceleração ali. Além de suas curvas longas e lentas, ela seguia da forma certa. Sabia quando mudar o peso, inclinar-se para a frente e dobrar os joelhos. Fiquei meio desapontado por ela não ter caído em cima de mim de novo.

Sem mais contratempos, finalmente chegamos inteiros ao sopé da colina. Tirei meus esquis, mas Madison estava lutando com os dela.

— Aaah — murmurou baixinho. — Não consigo tirar essas malditas coisas.

— Aqui, deixe-me ajudá-la.

Madison colocou uma das mãos enluvadas no meu ombro para se firmar enquanto eu me ajoelhava e a libertava dos esquis congelados em suas botas… O tempo todo, eu tinha que dizer, apreciando a bela vista de suas curvas.

— Você deve pensar que sou totalmente indefesa.

Essa era a coisa mais distante da minha mente.

— Ei, foi preciso muita coragem para enfrentar aquela ladeira, especialmente quando você é novata e tem medo de altura. — Levantei-me do chão e olhei em seus olhos brilhando de espanto.

— Você é sempre tão legal com os estranhos que conhece?

— Depende.

— De quê? — Ela piscou.

— Se eles forem legais também. — Na minha experiência jogando nos profissionais, a maioria dos fãs era legal, exceto os obstinados e a maldita imprensa. Em um minuto, eles estavam cantando elogios por vencer um jogo e, no próximo, destruindo você por errar um gol ou perder para outro time.

Ao colocarmos os esquis sobre os ombros, avistei com o canto do olho um daqueles roedores parecidos com esquilos.

— Madison, olhe atrás de você.

Ela girou a cabeça e olhou para a grande e gorda bola de pelo em cima de uma lata de lixo, vasculhando o lixo.

— Isso é uma marmota?

— Sim. Tenho certeza que sim.

— Ai, que fofo.

Cocei a cabeça através do gorro de lã grosso. Ver uma criatura selvagem comendo as sobras do especial do dia simplesmente não me atraiu.

— Gosta de animais?

— Amo.

— Alguns bons amigos meus têm um bode de estimação.

— Sério? Que gracinha.

Se tivesse a chance de conhecê-la, eu sabia que Chance e Aubrey gostariam de Madison instantaneamente. Seu bode definitivamente gostaria. Meus melhores amigos desde que se mudaram para a minha casa há dois anos, eles ainda não gostaram de nenhuma das mulheres com quem namorei. Provavelmente porque várias delas eram celebridades esnobes, modelos superficiais ou garotas gostosas procurando por alguém para bancá-las. Até agora, Madison não parecia se enquadrar em nenhuma dessas categorias. Se eu desse sorte, ela nunca se enquadraria.

— Escute, preciso guardar meu equipamento e encontrar meu amigo. A que horas seria bom encontrá-la no salão?

— Que tal em trinta minutos?

— Ótimo. Vejo você então. — Observei Madison ir embora, lutando contra a vontade de puxá-la para trás, para meus braços, e beijar seus lábios rosados e carnudos.

MADISON

Tomei um longo gole de chá de menta quente no salão do hotel cinco estrelas, um refúgio escondido no alto das montanhas da Colúmbia Britânica. Era o lugar perfeito para atletas e celebridades ricos e conhecidos ficarem longe dos olhos do público... Achei que isso incluía a mim e minha melhor amiga Staci Gold, uma ex-competidora e campeã olímpica.

— Conheci um cara gostoso na encosta. — Eu estava animado para contar a Staci tudo sobre Alex. — Ele vai se juntar a nós. Espero que não se importe, mas ele está trazendo um amigo também.

— Se ele for um perdedor, eu vou embora. — Staci tomou um gole de sua bebida por um canudo, deixando um círculo rosa brilhante ao redor da ponta de plástico.

— Se ele for parecido com o cara que eu conheci, você vai me agradecer mais tarde. — Desenrolei minha trança presa em volta da cabeça e a joguei sobre meu ombro. Depois de compartilhar uma bebida rápida com Alex e seu amigo, eu voltaria para o meu quarto e tomaria um bom banho quente e úmido. Mal podia esperar para tirar o maldito frio dos meus ossos.

Staci recostou-se na cadeira e cruzou as pernas, os pés aquecidos em um novo par de botas UGG.

— Então, como é esse cara... ah, é vigoroso?

— Ele tem mais de um metro e oitenta de altura, olhos azuis invernais e é sexy demais. — Apertei meus olhos com força por alguns segundos e deixei a imagem de Alex passar em minha mente.

— Ele é tão adorável assim? — Staci se inclinou para a frente, seu longo cabelo brilhando como fios de ouro à luz do fogo.

— Está mais para um bonitão adorável. Foi supergentil comigo no teleférico também. Ele me ajudou com minha fobia. E me fez descer a encosta inteira. — Tomei outro gole de chá, imaginando qual seria o gosto de Alex.

Houve uma comoção repentina no bar. Um pequeno grupo de mulheres cercava uma figura masculina alta como se fosse um bando de hienas famintas se preparando para morder uma presa fresca. Não consegui ver o rosto do cara. Nem me importei. Tudo o que queria fazer era dar uma grande mordida naqueles nachos na mesa do bufê, a apenas alguns metros de distância de mim.

— Estou morrendo de fome. Esses aperitivos estão chamando meu nome.

— O meu também. Mas não podemos — Staci gemeu suas palavras entre mordiscar uma cenoura.

Nenhuma de nós podia aceitar os gramas extras de gordura. Ainda tínhamos mais um show para fazer hoje à noite no alojamento. Fazia parte do privilégio de ficar aqui de graça e desfrutar de todas as comodidades.

Com o estômago roncando, terminei meu chá de menta com zero calorias e olhei para Staci, que estava mastigando um pedaço de brócolis agora. Com pouco mais de um metro e meio de altura, ela era uma coisa minúscula, pesando pouco menos de cinquenta quilos. Jurava que aquela mulher tinha nascido com uma estrela cadente passando.

Tudo o que ela fazia combinava com seu sobrenome. Nos últimos três Jogos Olímpicos de Inverno, ela ficou em primeiro lugar na patinação artística individual feminina. Tinha um eixo triplo médio, mas eu era mestre de todos os giros… e de cair de bunda. Minhas medalhas variavam entre bronze a prata.

Staci me cutucou no braço, me arrancando dos meus pensamentos.

— Conte-me mais sobre esse cara. Ele parece gostoso. Qual o nome dele? Onde mora? Qual é a profissão dele? Ele é rico?

— Calma, Staci. Caramba, acabei de conhecê-lo. — Quem se importava se ele não era rico ou o que fazia para viver? Essas coisas não eram tão importantes para mim quanto para ela. Tudo o que eu sabia era que ele era um cara muito legal e… — O nome dele é Alex. Originalmente é de Michigan, mas mora em Hermosa.

As sobrancelhas de Staci se ergueram.

— É onde moramos agora. O que mais você descobriu?

— É basicamente isso até agora.

— Quer dizer que você nem se preocupou em saber o sobrenome dele?

Balancei a cabeça e brinquei com um pedaço de couve-flor de sabor insípido no meu prato.

— Apenas o primeiro dele.

— Ele sabe o que você faz para viver?

Inclinei a cabeça para o lado e pensei sobre isso por alguns segundos.

— Não, parando para pensar. Acho que não, porque eu nunca tinha mencionado isso. E ele nunca tocou no assunto.

— Talvez ele saiba e esteja tentando agir como se não soubesse. Sabe que os homens podem ser tão ruins quanto as mulheres que procuram homens ricos. Veja o que aconteceu com minha mãe.

— Foi uma coisa boa ela não ter se casado com aquele idiota.

— Sim. — Staci assentiu. — Ela se livrou. Se a polícia não o tivesse prendido naquele momento, ele teria tirado tudo dela. Ele realmente enganou nós duas.

Depois da minha própria experiência com meu ex-namorado, era apenas mais um motivo para eu não confiar em homens. Mas talvez fosse diferente com Alex. Ele foi tão legal comigo naquele teleférico. E certamente não agia como o tipo de cara que me queria pelo meu dinheiro ou ter um caso curto e quente comigo. Pelo menos ainda não, de qualquer maneira.

Staci cutucou meu braço novamente.

— Você não vai acreditar em quem eu vejo.

— Quem?

— Olhe ali.

Segui a direção de seu dedo apontado e encarei Pierre Garnier, que estava cercado por aquele bando selvagem de *hienas*. Meu coração batia de pavor. Ele foi um dos melhores pivôs da liga de todos os tempos e o favorito entre as torcedoras.

Muitas, muitas fãs do sexo feminino.

E um dos melhores amigos e companheiro de equipe do meu ex.

Ai, Deus, eu esperava que Derek não estivesse aqui com ele. Examinei freneticamente o salão lotado, procurando aquele jogador de hóquei nojento. Assim como a mãe de Staci, eu me apaixonei por um homem em quem pensei que poderia confiar. Antes de saber como ele realmente era, o segui até a Califórnia e aceitei uma oferta de emprego. E agora, por causa daquele contrato estúpido que assinei, não podia renegar a oferta ou voltar para Michigan, pelo menos não sem um processo em minhas mãos.

Até agora, não tinha visto nenhum sinal de Derek. Mas isso não significava que ele não estava no saguão ou hospedado no hotel. E eu certamente não ficaria por aqui nem mais um segundo para descobrir.

— Sabe, você está certa, Staci. Você provavelmente não vai gostar do amigo de Alex. Vamos. Agora. Antes que eles cheguem aqui.

Ela se inclinou para a frente em sua cadeira e deu uma rápida umedecida nos lábios com a língua, chamando a atenção de quase todos os caras que se sentavam perto de nós.

— Vá em frente. Espero que Pierre passe por aqui e diga olá.

Um pensamento assustador assaltou minha mente.

— Você não sabia que ele estaria aqui ao mesmo tempo em que nós, não é?

— Não exatamente.

— O que não é exatamente? — indaguei, fumegando, minha raiva tirando o melhor de mim.

— Eu só sabia que este era um de seus pontos favoritos.

— Então é por isso que você estava tão ansioso para me atrair e aceitar um contrato com esta loja?

— Juro que não tinha ideia de que ele estaria aqui ao mesmo tempo em que nós. Eu só esperava que ele…

— Não posso acreditar que você faria isso comigo. Meu ex está com ele?

— Isso eu não sei. — Ela hesitou. — Olha, eu posso entender se ficou com raiva de mim, mas você não pode negar que este lugar é absolutamente lindo e o dinheiro que nos pagaram foi ótimo.

Tive que concordar com ela e soltar um suspiro descontente.

— Tudo bem. Divirta-se com Pierre. Mas ainda estou com raiva de você. Depois de um longo dia praticando no gelo pela manhã e esquiando à tarde, eu estava mais do que pronta para tirar minhas calças de esqui e pular em um banho quente. — Te vejo mais tarde no rinque.

Quando eu estava prestes a me levantar do sofá, deparei-me com um peito duro, passando por um par de ombros largos, tudo envolto em um suéter preto com decote em V, e encarei os olhos azuis gelados de Alex que estava na minha frente.

Meu queixo caiu.

Finalmente me dei conta de quem ele era.

— Você é… você é…

— Madison — interrompeu-me, no meio da minha gagueira — deixe-me apresentar a você…

— Pierre. — Staci terminou sua frase enquanto eu estava sentada, em estado de choque.

— Vocês dois se conhecem? — As sobrancelhas de Alex se arquearam em óbvia surpresa.

O pivô número um da liga assentiu.

— *Oui*. E Madison, *aussi*. Também.

O reconhecimento de repente varreu o rosto atordoado de Alex.

— Espere um minuto. Vocês dois são aquelas famosas patinadoras olímpicas?

— Em carne e osso. — Staci sorriu.

— E você é… você é Alex Kane.

Ele me deu um sorriso malicioso.

— Culpado.

Jurei que nunca me envolveria com outro jogador de hóquei enquanto vivesse. Nunca. No entanto, lá estava na minha frente o companheiro de equipe do meu ex e um dos melhores defensores de todos os tempos da liga.

Alex tinha noventa quilos de sensualidade.

Um metro e noventa de puro aço.

Artilheiro dentro e fora do gelo.

Este gostoso definitivamente sabia como usar um taco!

Ele usava o número 35 no gelo e o número 1 nos corações das Marias Patins.

Mas não no meu… graças a Deus.

Ah, sim, eu o conhecia da Internet e de ouvir as reclamações constantes do meu ex sobre o cara. Sem dúvida, ele estava com ciúmes. Alex tinha um ego do tamanho do Texas e uma base de fãs feminina maior que a Califórnia. Ele era muito presunçoso para mim, embora tivesse sido superprestativo, incrivelmente legal e adoravelmente doce comigo naquela colina.

— Por que você não me disse que era jogador de hóquei? — Se eu soubesse de antemão quem era Alex, nunca teria concordado em encontrá-lo no salão. Nunca. Nem em um bilhão de anos. Caras como ele e Derek eram o tipo de jogadores que passavam de três ou cinco mulheres de cada vez antes de passar para o próximo rebanho.

— Por que você não me disse que era uma patinadora olímpica? — rebateu e sentou-se ao lado de Pierre, seu corpo grande demais para a cadeira.

— Como se você não tivesse me reconhecido — eu zombei.

— Ou você a mim — rebateu, erguendo uma sobrancelha bem-humorada.

— Como eu poderia — bufei — quando estava petrificada demais para notar qualquer outra coisa ou quando seu rosto estava escondido atrás de todo aquele cabelo?

— Talvez se você tivesse vestido uma fantasia com babados e um par de patins em vez de um macacão de neve e um par de esquis, eu poderia ter descoberto quem você era. — Seus olhos brilhavam com pura diversão.

Fiz uma careta. Ele estava achando isso divertido, mas para mim era absolutamente irritante.

— Vocês duas estão aqui de férias? — O sexy sotaque francês de Pierre saiu de sua língua, praticamente transformando Staci em uma gata selvagem prestes a atacar sua presa.

Ela colocou a mão na coxa do tamanho de um tronco de árvore dele e ronronou:

— Mais ou menos.

Revirei os olhos. Staci estava agindo exatamente como aquelas Marias Patins, tentando marcar pontos com os gostosões.

Alex me lançou um olhar questionador.

— O que ela quer dizer com "mais ou menos"?

Preenchi os espaços em branco para ele.

— Concordamos em fazer dois shows em troca de férias gratuitas.

— Que negócio legal.

— E estamos realizando nosso último mais tarde esta noite. — Staci sorriu para Pierre. — Você deveria vir e nos assistir.

— *Certainement.* — Pierre apertou a mão dela, depois a levou aos lábios e a beijou.

Ai, por favor. Este francês deixou Staci babando em cima dele como um bebê chupando seu brinquedo favorito.

— Conte comigo. Estarei lá também. — Alex deu-me uma piscadela provocante; em seguida, tomou um gole de cerveja.

Apertei os lábios. Eu não podia acreditar que Staci os havia convidado quando ela sabia que eu nunca quis estar perto de outro jogador de hóquei enquanto vivesse.

— Parece que você tomou um gole de leite azedo. Deixe eu te pagar uma bebida. O que você quer? — O olhar de Alex queimou minha pele.

Imaginei que ele poderia aniquilar um oponente em um minuto com apenas um mero olhar com aquelas profundezas azuis e depois derreter uma mulher em uma poça a seus pés no minuto seguinte… como ele estava fazendo comigo agora. Contorci-me no meu lugar.

— Na verdade, eu estava me preparando para sair. Mas obrigada de qualquer…

— Ah, você pode ficar pelo menos por mais alguns minutos — Staci interrompeu mais rápido do que eu poderia girar.

Neguei com a cabeça. Essa era uma ideia horrível.

— Não, não posso.

— Claro que pode. Alex, adoraríamos tomar mais dois chás de menta quentes. — Staci saiu do sofá, puxando-me com ela. — Já voltamos.

— Onde estamos indo? — resmunguei baixinho, a seguindo para fora da sala.

— Para o banheiro.

Uma vez lá dentro, Staci me deu um olhar lamentável e suplicante.

— Sei que você quer ir embora, mas tenho vontade de ficar com Pierre desde que o conheci naquela festa com você um ano atrás. E esta é a minha chance. Você pode fazer uma coisa por mim e ficar?

— Ai, tudo bem. Um chá. Então eu vou.

— Obrigada. Te devo uma.

Depois de uma rápida verificação de nossos reflexos no espelho, voltamos para a sala. Atravessando o labirinto de pessoas, eu estava começando a ter dúvidas e falei com Staci em voz baixa.

— Não acredito que concordei em fazer isso. A última coisa de que preciso é uma foto minha aparecendo com outro jogador de hóquei bad boy nas redes sociais.

— Pare. Você se preocupa muito. O proprietário desta pousada tem regras estritas contra seus convidados serem assediados ou fotografados.

— É melhor que ele tenha. — Esta viagem me ofereceu a oportunidade de fugir dos holofotes e me esconder por um tempo. Até recentemente, minha vida era um inferno. Quando a notícia se espalhou no ano passado que eu estava namorando Derek, não tive privacidade. Não importava aonde eu fosse, ao rinque, a um clube ou restaurante, os paparazzi estavam lá, esperando para tirar uma foto minha. Só piorou para mim depois que surgiram as notícias de que o canalha tinha vários casos nas minhas costas e me trocou por outra.

Logo voltamos aos nossos lugares. Staci não era tímida. Ela se sentou no braço da cadeira de Pierre. Fui na opção segura e sentei no sofá em frente a Alex.

Ele se inclinou para a frente e me deu meu chá. Seus dedos roçaram minha mão, aquecendo-a instantaneamente, enviando um arrepio pelo meu braço.

— Tem certeza de que não gostaria de algo mais forte?

— Eu nunca bebo antes de uma apresentação. — Mexi-me desconfortavelmente em meu assento, me lembrando de como foi ter Alex embaixo de mim quando caí por cima dele naquela encosta… como uma sólida laje de granito.

— Então, o que você faz quando não está no gelo? — Alex tirou os olhos dos meus seios e encontrou meu olhar, seus lábios firmes se separando ligeiramente.

Os meus tremeram. Meus mamilos endureceram, e engoli outro gole de chá, mal conseguindo segurar o maldito copo.

— Eu leio. Assisto filmes. Danço.

— Que tipo de dança… do tipo *pole dance*?

— Ah, bem que você queria, não é? — Fiz uma careta.

— Estou apenas provocando. Me ajuda. Então, de que tipo é?

— Balé. Danço isso desde os quatro anos.

— Aposto que você era muito fofa quando menina em seu tutu rosa com suas sardas e bochechas rechonchudas.

— Nunca tive bochechas rechonchudas. E, no que diz respeito às minhas sardas, disseram-me que é uma das minhas características mais atraentes.

— Eles são. Especialmente a maneira como brilham como pó mágico quando você franze o nariz para mim. Como está fazendo agora — comentou, com uma bela risada.

Presa por seu olhar hipnótico, não pude deixar de rir também.

— E você? O que faz quando está fora do gelo e não corre atrás de mulheres?

— Não corro atrás de mulheres. — Suas feições ficaram sérias. — Elas correm atrás de mim.

— Ai, pobrezinho. Como você deve ter uma vida difícil. — Tomei outro gole de chá, saboreando o gosto de menta e, infelizmente, o delicioso colírio para os olhos sentado à minha frente. — Então, o que você faz quando não está sendo *perseguido*? — Cruzei as pernas e tirei um pedaço de fiapo da manga, esperando morrer de tédio ao ouvi-lo se gabar de suas realizações.

— Assisto aos jogos da pós-temporada. Pratico no gelo. Saio com os caras. Jogo pôquer. Vou à praia. Surfo — revelou, ao contrário do que eu esperava ouvir originalmente, para minha surpresa e alívio. — Há muitas coisas divertidas para fazer na Califórnia. Você vai gostar de morar lá.

Ai, Deus. Apertei meu estômago.

Os olhos de Alex se arregalaram de preocupação.

— O que está errado? Você está doente?

— Eu estou... estou bem. Não é nada — menti. De repente, percebi que o time de Alex praticava e jogava na mesma arena esportiva onde eu treinaria futuros aspirantes a campeões olímpicos. Não só teria que evitar ver Derek, mas agora Alex também.

Staci soltou uma gargalhada com algo que Pierre disse, distraindo-me de meus pensamentos perturbados.

— Aqueles dois parecem estar se dando bem. — Alex sacudiu a cabeça na direção deles.

Ah, então Alex tinha notado também. Se alguém ficasse esta noite, eu apostaria que seriam os dois. Certamente não seria por minha conta e de Alex.

— Staci está de olho em Pierre desde que o conheceu. Pena que ele está de olho em várias outras mulheres.

— Isso não parece estar incomodando-a.

— Pelo menos Staci não está indo às cegas. Ela conhece bem a reputação de Pierre, assim como eu conheço a sua.

Alex ergueu uma sobrancelha marrom-clara.

— Não acha que as pessoas podem mudar à medida que crescem e amadurecem?

— Eu sinceramente duvido. Leopardos nunca mudam suas manchas.

— Você é sempre tão cética em relação aos homens?

— Você não estaria depois de tudo que passei? — *E mais*. Mas ele não precisava saber a história da minha vida.

Alex não perdeu tempo em descobrir o que eu quis dizer com isso.

— Ah, você está se referindo ao seu relacionamento com Derek Harrison.

— Ding. Ding. Ding. Você ganhou o prêmio.

— Acho que vou ter que convencê-la de que não sou como ele. Pelo menos não mais.

— Por favor. Me poupe. Já ouvi tudo isso antes.

Alex passou o olhar pelo meu rosto.

— Você com certeza é cínica. Posso ver que terei muito trabalho.

Inclinei-me para a frente e falei pouco mais alto do que um sussurro.

— Você é um homem de apostar?

— Sou conhecido por jogar uma boa mão de pôquer.

— Então eu desistiria enquanto estou ganhando, se eu fosse você.

Ele riu.

— Nunca. Estou determinado a conquistá-la.

Abri a boca, depois fechei e abri de novo.

— Assim como você conquistou na última temporada?

Alex estremeceu.

— Ai. Você não pega leve nas palavras.

— Talvez… talvez tenha sido um golpe baixo da minha parte. Só estava tentando mostrar meu ponto de vista.

— Confie em mim. Você conseguiu.

— E?

— E eu não sou de desistir, senhorita… senhorita Patins Olímpicos de Prata.

— Eu gostaria que você desistisse. — Por alguns segundos, pensei que ele fosse me chamar pelo nome que Derek usava para se referir a mim nas redes sociais: Miss Geladeira. Com nada mais a dizer a ele, fiquei de pé. — Staci, precisamos descansar antes do nosso show.

Ela roubou um beijo rápido de Pierre antes de se levantar do braço da cadeira.

— Vamos reservar dois assentos na primeira fila para você e Alex no rinque. Vista algo quente. O show é lá fora.

Alex me ofereceu um sorriso com uma inclinação arrogante de cabeça.

— Mal posso esperar para ver você patinar.

Ótimo. Exatamente o que eu precisava… outro jogador de hóquei arrogante no meu encalço.

— Então, depois — acrescentou Alex — talvez possamos todos sair para jantar juntos, se as senhoras estiverem dispostas.

— Incrível.

Olhei para Staci. Não, não era incrível e eu rapidamente a segui para fora da sala.

— Não se esqueça de que você vai me dever por isso.

— Eu não vou — respondeu, por cima do ombro. — E você pode colocar seus medos para descansar. Pierre me disse que Derek não veio com eles nesta viagem.

Soltei uma respiração.

— Essa é uma coisa boa de se saber.

— Sim. E aqui está outra. Agora que você sabe quem é Alex, não precisa se preocupar com ele indo atrás de seu rico portfólio.

Claro que não. Ele estava indo atrás de um lanche à meia-noite comigo nua em sua cama.

TARA L. JAMES

ALEX

— Jesus, Madison é uma garota durona. — Soltei um suspiro agudo, observando-a sair da sala, seu longo rabo de cavalo balançando nas costas.

Pierre levantou sua garrafa de cerveja francesa e concordou com a cabeça.

— Derek sempre disse que ela era.

Um grande jogador de hóquei, Pierre tornou-se um bom amigo meu e de Derek depois de deixar Montreal para se juntar ao nosso time há quatro anos. Embora eu não suportasse o cara, Pierre se dava bem com ele. E, se alguém soubesse sobre o relacionamento dos dois, seria Pierre.

— O que diabos aconteceu entre eles, de qualquer maneira? Só posso me basear no que ouvi no vestiário ou li na internet.

— Não cabe a mim dizer.

— Foda-se. Pode me dizendo.

— *Non*. — Pierre balançou a cabeça inflexivelmente, fazendo com que uma longa mecha de cabelo preto caísse na frente dos olhos. Ele rapidamente o colocou atrás da orelha. — Você vai ter que perguntar a eles.

Sim, bem, eu sabia o suficiente sobre Derek para saber que ele era um idiota. Claro, o cara era um grande goleiro no gelo. Mas, fora disso, era um idiota narcisista. Eu tinha visto a maneira como ele tratava as mulheres. Namorava várias garotas ao mesmo tempo, vendo outras mais pelas costas. Eu só podia supor que Derek tinha feito a mesma coisa com Madison com base em tudo o que ouvi. Essa tinha que ser a razão pela qual a mulher não queria ter mais nada a ver comigo ou qualquer outro jogador de hóquei.

Muito ruim.

Eu não estava prestes a desistir dela e olhei para Pierre, que aceitava a chave do quarto de uma fã adorável. Com sua beleza divina, o cara atraía as mulheres como abelhas excitadas pelo mel sedutor. E uma vez que ele falava em seu sotaque francês, poucos homens poderiam ter a chance de competir — se é que algum teria.

Depois que a garota saiu, Pierre enfiou a chave no bolso da calça jeans e cruzou o tornozelo sobre o joelho. Ele parecia muito presunçoso consigo mesmo, com um sorriso largo no rosto barbudo.

— O que você está planejando fazer com isso? — perguntei, sabendo que Staci já havia reivindicado o francês como seu.

— Vou usá-la como plano B. Se Staci me dispensar mais tarde esta noite, irei aquecer a cama de outra pessoa.

Não pude deixar de rir.

— Você nunca vai mudar, né?

— Por que eu iria querer quando posso conseguir toda *chatte* que eu quiser?

Não fazia sentido falar com Pierre sobre querer sossegar ou ter filhos. Eu era quase cinco anos mais velho que ele. Talvez quando chegasse aos trinta, ele mudasse sua visão em relação às mulheres. Talvez.

Com os joelhos doendo, levantei da cadeira em um movimento desajeitado.

— Vou tomar um banho e me trocar antes de irmos ver o show. Encontro você no rinque.

Pierre ergueu a garrafa na minha direção e tomou outro gole da cerveja francesa. Eu beberia uma caixa inteira de vinho francês antes dessa merda. Não suportava o gosto.

Alguns minutos depois, entrei na minha suíte, que vinha com uma vista espetacular para as montanhas. Enquanto eu arrancava meu suéter e tirava minhas botas, meu celular vibrou.

Soltei-o do cós da calça jeans e fui ver quem estava me ligando. Era Chance Bateman, um ex-galã do futebol que agora se tornou empresário, marido e pai. Embora tenha nascido nos Estados Unidos, ele viveu na Austrália a maior parte de sua vida. Era um verdadeiro australiano por completo. Atendi rapidamente.

— E aí, seu maluco idiota?

— Está se divertindo aí em cima, cara? — Seu sotaque australiano preenchia o ar. — Pegou alguma gatinha da neve?

Bem que eu queria. Não transava desde dezembro passado. Foram quatro longos meses sem sexo. Um recorde para mim. Nunca tinha ficado tanto tempo sem desde que fiz dezesseis anos. Com a temporada de merda que o LA Devils fez, eu não estava com humor para nenhuma companhia feminina. Isso foi até eu conhecer Madison.

— Na verdade — admiti —, eu conheci alguém. O nome dela é Madison Clark.

— Você parece estar falando muito sério sobre essa garota.

— Estou.

— Puta merda. Não acredito nisso.

— Ela é uma ex-patinadora olímpica. — *E uma gostosa do caralho.*

— Não me diga. Aubrey e eu teremos que procurá-la na internet.

— Acho que vocês dois gostariam dela.

— Será que algum dia a conheceremos?

— Estou trabalhando nisso. Mas acabei de conhecê-la.

— Quer dizer que essa garota não está se jogando em você como todas as outras? — A voz de Chance aumentou em choque. — Você vai ter que conquistá-la?

— Sim. E, até agora, ela também não está facilitando as coisas para mim.

— Já passei por isso com Aubrey. Aquela mulher quase me deixou de joelhos implorando para ela ficar comigo.

Isso só para começar.

— Fico feliz que ela finalmente tenha te aceitado.

— Ah, sim. Vale a pena lutar pelas coisas boas. — O tom de Chance refletia o quão grato ele estava por tê-la em sua vida.

E eu podia ver o motivo.

Aubrey era superinteligente e linda. Seria difícil recusar isso.

— Escute, a razão pela qual eu estava ligando era para avisar que tivemos um blecaute aqui devido a uma queda de energia. Tive que entrar na sua casa e tirar a comida da sua geladeira e colocar na minha.

— Não devia ter muita coisa. — Sentei-me na cama e arranquei minha calça jeans e cueca, grato por ter um bom amigo e vizinho como Chance.

— Cara, você tem que dispensar a porra da carne vermelha. Não consegui superar todos os bifes congelados, carne assada e hambúrguer que você tinha no freezer.

Olhei para meu abdômen tenso e coxas grossas e sorri.

— Vou te dizer uma coisa… quando eu me aposentar do hóquei e parar de queimar cinco mil calorias por dia patinando e levantando pesos, vou seguir esse conselho.

— Bom. Vou te colocar na dieta do Chance. Menos carne vermelha, mais frango e peixe.

— Aubrey te corrompeu. — Eu ri.

— E para melhor.

— Escute, obrigado por ligar. Tenho que me preparar. Pierre e eu vamos assistir a um show no gelo. Madison e sua amiga, que também é patinadora olímpica, vão se apresentar hoje à noite.

— Ah, é? Qual é o nome da amiga dela?

— Staci Gold.

— Ah, uma para você e outra para Pierre. Que legal — brincou Chance. — Ele está falando sério sobre Staci?

— Foda-se, não. Ele só quer se divertir com ela. E acredito que ela também está procurando o mesmo.

— Você tem sorte de ser bem conhecido ou não teria chance com uma mulher perto de Pierre.

Fiz uma careta.

— O que há com mulheres e malditos franceses?

— A mesma coisa com mulheres e malditos australianos. — Chance riu. — É a porra do nosso sotaque. Os caras estadunidenses simplesmente não têm chance quando estamos por perto.

— E eu pensei que era arrogante pra caralho.

Chance riu de novo e depois ficou sério.

— Ai, merda, eu tenho que ir também. Meu filho está chorando. E Pixy desmaiou.

Se houvesse um homem que amasse mais sua família e seu bode de estimação, seria Chance.

— Bem, amigo, vou embora amanhã. Devo estar de volta a Hermosa em um ou dois dias, supondo que Pierre e eu peguemos um bom clima voltando para casa.

— Cuidado, companheiro. Faça uma viagem segura.

Joguei o telefone na cama e tomei um banho rápido. Alguns minutos depois, encontrei Pierre parado na frente do rinque com três quartos do rosto enterrados atrás de um grosso cachecol de lã preta.

— Espero que esta seja uma curta apresentação — resmungou. — Está frio pra caralho lá fora.

Pierre não ouviria nenhuma discussão de minha parte e o segui até nossos lugares. Debaixo de uma lua cheia brilhante, vimos Staci e Madison patinarem graciosamente no rinque em suas fantasias com babados. Minha atenção se concentrou na beleza de cabelo preto. A de Pierre estava na loira deslumbrante.

— Não sou muito de patinação artística — confessou Pierre, em voz baixa. — Mas, depois de vê-las em suas roupas minúsculas, sou um grande fã.

Eu já era. E espero que em breve eu seja o presidente e único membro do fã-clube de Madison. Para alguém que tinha apenas um metro e sessenta, ela era uma potência com suas pernas bem torneadas... pernas que eu queria enganchadas na minha cintura.

Totalmente hipnotizado, sentei-me, maravilhado com a maneira como Madison fez uma série de curvas, saltos e giros em um ritmo perfeito para a música que vai do pop moderno aos clássicos do século XIX. Também não consegui superar a maneira como seus movimentos sincronizavam perfeitamente com os de Staci. Ambas as mulheres eram atletas inacreditáveis. Faziam tudo parecer muito fácil.

A apresentação acabou sendo aplaudida de pé. Pierre e eu assobiamos e comemoramos ruidosamente. As ex-campeãs olímpicas fizeram suas reverências, deixaram o gelo e correram para dentro do hotel. Elas deviam estar congelando suas bundas fofas. Sei que a minha estava.

Assim que a multidão diminuiu, deixamos nossos assentos e vimos Staci e Madison no saguão alguns minutos depois. Um grande grupo de fãs as cercava, pedindo autógrafos e tirando selfies.

— Quem diria que patinadoras artísticas poderiam ter seguidores como jogadores de hóquei?

Pierre pesquisou as duas nas mídias sociais em seu celular.

— *Mon Dieu*, com certeza elas têm. — Ele me entregou seu telefone.

Suas páginas foram iluminadas com uma porrada de seguidores, postagens e tweets.

— Cristo, Madison e Staci têm mais seguidores no Twitter do que eu.

— Não me diga que você está com ciúmes? — Pierre riu.

— Não. Eu simplesmente não tinha ideia de como elas eram populares.

Depois que o último fã saiu, nós as alcançamos antes de entrarem no elevador.

— Senhoras, vocês duas foram incríveis.

— *Magnifique*. — Pierre passou o braço em volta da cintura de Staci e deu-lhe um beijo na bochecha.

— Ainda estão dispostos a se juntarem a nós para jantar no chalé? — Tentei manter meu olhar no nível dos olhos de Madison, mas era difícil quando ela usava uma roupa sexy sem mangas preta que era cortada acima da parte superior da coxa e baixa no topo, mostrando a inclinação de seus ombros esbeltos e pescoço de cisne.

— Claro que estamos. — Os olhos de Staci brilharam como as lantejoulas de sua fantasia. — Nós vamos encontrá-los no restaurante depois de nos trocarmos.

Pierre e eu saímos e logo estávamos esperando por elas em uma mesa, bebendo uísque quente perto de uma fogueira. Eu tinha uma chama queimando lentamente dentro de mim… por Madison. Logo as duas mulheres se juntaram a nós. Staci sentou-se ao lado de Pierre e Madison perto de mim, fazendo com que minha libido aumentasse mais alguns graus.

O garçom se aproximou da mesa e anotou nossos pedidos. Antes de partir, encheu nossas taças com o caro champanhe francês que Pierre pediu antes. Ele ergueu o copo e fez um brinde rápido.

— Para Staci e Madison, duas mulheres lindas e altamente talentosas.

Eu não poderia ter dito melhor e todos os nossos copos bateram uns contra os outros. Staci deu outro beijo em Pierre. Parecia que ele não precisaria desse plano B, afinal. Ele definitivamente chegaria ao *ouro* mais tarde esta noite, pois aquela medalhista olímpica parecia mais do que disposta a recebê-lo em sua cama.

Bastardo sortudo.

Olhei para Madison por cima da borda do meu copo; sem nenhuma dúvida em minha mente, eu estaria dormindo sozinho esta noite. Ela se sentou ao meu lado, evitando meu olhar. Eu teria que mudar aquilo rápido.

— Suponho que você e Staci se aposentaram da patinação profissional?

Madison virou a cabeça para mim e acenou, seus lábios carnudos queimando, pintados em um vermelho sexy.

— Aposentamos. Aquela última Olimpíada de Inverno foi a nossa última. Desde então, estamos em turnê com o Stars on Ice. No entanto, nós duas terminamos nossos contratos com eles em março passado.

— O que vão fazer em Hermosa?

— Staci aceitou um emprego como comentarista esportiva e estarei treinando alunos particulares, entre outras coisas.

— Quer dizer que vai trabalhar na arena onde os LA Devils jogam?

— Infelizmente sim — respondeu, com uma voz sem entusiasmo.

— Você não parece muito animada com isso. — Diferente de mim. Eu estava emocionado. Apenas dobrou minhas chances de conhecê-la.

— Claro que não — retrucou. — Tenho certeza que você também pode adivinhar o motivo.

— Ah, Derek — saiu da minha boca. Eu não poderia culpá-la por isso. O garçom entregou nossas refeições e saiu rapidamente. Com um filé mignon bem passado, retomei minha conversa com Madison. — Você pode recusar a oferta?

— Não posso. Assinei um contrato com o proprietário em dezembro antes... antes de tudo explodir na minha cara.

— Por quanto tempo vale?

— Doze meses, a partir da próxima segunda-feira.

Isso me daria um ano para convencê-la de que eu era a pessoa certa para ela. Cristo. Espero que não demore tanto assim.

— E você? Algum plano de se aposentar? — Madison deu uma mordida no frango assado e engoliu com um gole de champanhe.

— Nenhum. — E rapidamente mudei de assunto. Essa era a última coisa que eu queria falar. — Depois de te ver no gelo hoje à noite, do jeito que você patinou, eu te pesquisei na internet. Você tem vários seguidores. Eu não tinha ideia de que patinadoras artísticas eram tão populares dentro e fora do gelo.

— Eu com certeza sei muito sobre você. Ouvi bastante quando estava em seu mundo namorando Derek.

Só Deus sabia que merda ela tinha ouvido, mas eu suspeitava que estava prestes a descobrir. E o que quer que fosse, provavelmente não me daria nenhum ponto a favor.

— Você tem sido um garoto ocupado, Alex — continuou. — Entretendo todas aquelas mulheres. Ora, estou surpresa que você tenha conseguido chegar aos seus jogos a tempo e ainda ser capaz de patinar. Como no mundo você consegue administrar tudo isso?

— Ei, eu nunca disse que era perfeito. E não vou me desculpar por ser homem. Eu me diverti muito. Mas... mas ultimamente, tenho desejado mais da vida do que apenas jogar hóquei. Ou ter um caso sem sentido após o outro.

— O que é que você quer? — Madison perguntou, sem rodeios.

— O quê, sem comentários sarcásticos?

— Não. Estou falando sério. Eu gostaria de saber.

Engraçado. Ela foi a primeira mulher que já me perguntou isso. Para ser sincero, eu queria alguém como ela, que não aturasse minhas merdas, que não se jogasse em mim, ou melhor, se agarrasse a mim como se eu fosse a segunda vinda de Cristo. No entanto, não estava pronto para dizer isso a Madison, pelo menos não no momento. Então, em vez disso, simplesmente respondi:

— Estou no estágio da minha vida em que gostaria de encontrar a pessoa certa e me estabelecer.

Sem dizer nada, ela olhou para mim com seus olhos brilhantes de safira, como se não acreditasse em uma única palavra do que eu disse e tomou outro gole de champanhe. Algumas gotas de espumante escorreram por seu queixo. Ela lambeu com a ponta da língua. Droga. Eu queria fazer isso por ela.

— Então, há quanto tempo você joga hóquei?

Lutando contra a vontade de beijá-la, respondi, depois de soltar uma segunda respiração.

— Nove anos com os profissionais.

— Você ainda não está cansado de viajar? Sei quem eu estou.

— Faz parte do trabalho. — Um que eu não estava pronto para desistir. — Quando foi sua primeira Olimpíada?

— Seis anos atrás. Eu tinha dezoito anos. Medalhei em terceiro lugar.

— E a seguinte?

— Eu caí de bunda no chão, fazendo um maldito salto. Fiquei em quarto lugar. Mas então voltei e ganhei medalha de prata dois anos depois. Depois disso, me aposentei das competições.

— Mas você tinha apenas vinte e dois anos. — Totalmente atordoado, enfiei uma garfada de batata assada na boca, seguida de um gole d'água.

— Pelos padrões de hoje, isso é velha. Agora você tem garotas de quinze e dezesseis anos competindo nas Olimpíadas. E, sinceramente, o público quer ver quem conquistou medalhas recentemente. Não uma mulher arcaica de 24 anos.

— Não no hóquei profissional. — *Graças a Deus.* — Aos vinte e dois, vinte e quatro anos, não estamos nem perto do nosso auge.

— Qual é a idade então?

Eu mal conseguia cuspir as malditas palavras.

— Por volta dos trinta.

— Não é essa a sua idade?

— Estou jogando contra as probabilidades.

— Seus joelhos já devem estar feridos.

— Prefiro falar sobre os seus. Você tem joelhos adoráveis. — Entre algumas outras coisas, encontrei-me olhando além de seu pescoço esguio.

— Eu tive minha cota de tropeços com eles. — Madison enxugou os cantos da boca com um guardanapo e o colocou de volta no colo.

Eu estava com ciúmes daquele guardanapo.

— Pela maneira como você patinou esta noite, poderia ter me enganado.

Seus olhos se arregalaram em um tom cativante de azul.

— Você estava realmente me observando? Eu tinha certeza de que você teria adormecido durante o show.

— Por que você diria isso? Você estava de hipnotizar lá fora no gelo. — Não conseguia tirar meus olhos de cima dela naquela hora. Nem agora. Madison era linda pra caralho.

— Obrigada — respondeu, no mais humilde tom, deixando-me a suspeitar que ela não tinha um pingo de arrogância em seu belo corpo.

— Gostei de todas as roupas com babados que você usava — acrescentei. — Você poderia usar isso perto de mim a qualquer hora. Especialmente aquele preto decotado. — Só de pensar nisso, os músculos das minhas costas se contraíram. Ela ficou muito gostosa nele.

— Alex...

— Você é linda, Madison — soltei, antes que seu aborrecimento tomasse conta dela e me varresse para debaixo do tapete.

— Você é muito... eu... obrigada.

Gostaria de poder ganhar mais pontos e descongelar seu comportamento frio em relação a mim do jeito que suas bochechas queimavam com rubores mais brilhantes do que um atiçador em brasa. Mas, até agora, o placar não estava exatamente a meu favor.

Nossa refeição logo terminou, para minha decepção. Eu queria continuar tentando ganhar pontos para igualar o quadro enquanto via mais daquele rosto corar.

Depois que Pierre e eu dividimos a conta, escoltamos as senhoras até o saguão. Staci passou um braço em volta da cintura de Pierre, que convidava Madison e eu para nos juntarmos a eles para uma bebida rápida no bar.

— Tem sido um longo dia — Madison exclamou, impedindo minha resposta. — Eu vou passar. Obrigada novamente pelo jantar. Boa noite.

Inferno, eu não estava prestes a deixá-la escapar. Disse a Pierre que o veria pela manhã e rapidamente a alcancei.

— Deixe-me acompanhá-la até o elevador.

De pé no meio do saguão, ela levantou o olhar lentamente e me fitou.

— Quero agradecer por me ajudar hoje cedo com minha fobia. E por vir ao show hoje à noite e me convidar para jantar. Mas já tive um relacionamento desastroso com um jogador de hóquei. E não estou querendo me jogar em outro.

— Não pretendo machucar você, Madison. Apenas dê a si mesma uma chance de me conhecer melhor. É tudo o que estou pedindo.

— Não posso.

Dei um passo mais perto e gentilmente afaguei sua bochecha com as costas da minha mão.

— Certamente você pode.

Madison agitou seus cílios grossos, dando-me o que ela provavelmente não percebeu que era um olhar quente e sedutor. Um olhar que fez meu coração bater mais rápido, meu pulso disparou. Deus me ajude, eu esperava vê-la agitá-los novamente um dia, se remexendo debaixo de mim e gritando meu nome.

— Sinto muito, Alex. — Deu um passo para trás, balançando a cabeça. — Simplesmente não posso me envolver com outro jogador de hóquei novamente. Não importa o quão legal ou quão… bonito você seja. Obrigada pelo jantar. Boa noite.

Eu a observei sair. No começo, fiquei frustrado e um pouco irritado. Mas então abri um sorriso. Ah, sim, ela estava interessada em mim. Só não sabia *quanto* ainda. Logo que voltássemos a Hermosa, eu aliviaria seus medos da mesma forma que fiz quando estávamos naquele teleférico… com muito charme e paciência.

MADISON

— Não consigo acreditar que você foi para a cama com Pierre ontem à noite. — Olhei para Staci, balançando a cabeça, enquanto terminávamos de fazer as malas. — Sabe que ele está apenas te usando.

— Já pensou que eu poderia estar usando ele? — Staci riu e prendeu seu longo cabelo loiro em um elástico. Sempre que patinávamos em apresentações como a de ontem, ela interpretava a linda princesa e eu, na maioria das vezes, herdava o papel da bruxa malvada.

— Os rumores são verdadeiros? — Fechei minha mala e peguei meu casaco nas costas de uma cadeira.

— Que rumores?

— Vamos lá. Não aja como se nunca tivesse ouvido.

— Claro que ouvi, mas não fazem justiça a ele. Ele é... ele é...

— Ele é ainda maior do que dizem?

— Ai, meu Deus, sim!

— Uau. Não é de se admirar que você tenha um grande sorriso no rosto.

— Ele realmente sabe como usar o taco.

— Meter o disco no gol? Fazer um grande placar? — provoquei, tentando conter uma risadinha.

Staci assentiu com a cabeça, parecendo estar em um torpor estonteante.

— Uma e outra vez. O homem é inacreditável.

Agora, sempre que via Pierre, não conseguiria pensar em mais nada, muito menos em manter os olhos acima de seu queixo. De repente, me perguntei se Alex viveria de acordo com os rumores sobre ele na cama ou até os excederia, assim como Pierre, segundo o que disse Staci. Mas, depois de tudo o que passei com Derek, não queria nem começar a pensar nisso, pois atletas profissionais que viajavam eram péssimos namorados e maridos. A tentação de trair era grande demais para eles deixarem passar.

Depois de fazer as malas, segurei a porta aberta e segui Staci para fora do nosso quarto. Como convidadas VIP, não precisávamos nos preocupar em trazer nossa bagagem ou pegar uma carona para o aeroporto. O hotel estava cuidando de tudo isso para nós — de graça, é claro.

Depois de chegar ao saguão, compramos nossos cafés, sentamos e esperamos que nosso motorista viesse nos buscar. Tomei um gole de café com avelã recém-preparado e observei Staci tirar o celular da bolsa.

— Vai ver Pierre de novo?

Staci recostou-se na cadeira e acenou com a cabeça para suas brilhantes botas de couro preto.

— Não começo esse trabalho de transmissão em LA até o mês que vem. E, já que a temporada de Pierre acabou, vamos embora juntos.

— Uau. As coisas estão ficando tão sérias? — Tomei mais alguns goles do meu café.

— Não. Não de verdade. Estamos apenas curtindo a companhia um do outro por enquanto.

— Onde você está planejando passar as férias?

— Havaí.

— Parece divertido. Quando você irá?

— Assim que voltarmos. Sabe, devia dar uma oportunidade ao Alex. Acho que ele está a fim de você.

— Não, obrigada. Já estou farta de jogadores.

— Eu nunca vou me cansar.

— Você é horrível — respondi, com uma risada.

— Eu sei. — Ela riu. — Mas pelo menos estou me divertindo fazendo isso.

— Sim, até você se apaixonar por um e ele acabar quebrando seu coração.

— Foi terrível o que Derek fez com você. Não vou deixar isso acontecer comigo.

— Foi o que eu disse e olha no que deu.

— Tanto faz. — Staci cruzou as pernas e checou as mensagens em seu telefone.

Nossa bagagem foi entregue e colocada ao lado de onde estávamos sentados. Sem mais nada para fazer até que nosso motorista chegasse, terminei meu café, peguei meu Kindle e tentei ler, mas encontrei minha mente vagando com pensamentos de Alex, de seus ombros largos e peito duro. Ontem à noite no restaurante, meu braço ocasionalmente se esfregou contra o dele enquanto eu me sentava ao seu lado naquela mesa. Ele definitivamente tinha um corpo feito de músculos tensos de aço.

Se ao menos ele não fosse um maldito jogador de hóquei.

Desesperada para esquecê-lo, voltei ao meu livro, mas não cheguei nem na metade da primeira página quando uma voz masculina profunda me interrompeu.

— O que você está lendo?

Olhei para cima e soltei um gemido baixinho. Alex me encarava, com seu famoso sorriso que me tirou o fôlego sem qualquer resistência.

— T-tenho certeza de que você acharia difícil de entender — respondi, áspera. — Está bem acima do seu nível de leitura da quinta série.

Não era da minha natureza ser uma vaca. No geral, eu era uma pessoa legal. E, quando agia como uma, o que era raro e distante, sempre me odiava por isso depois. Mas o que mais eu poderia fazer? O homem não me deixava em paz.

— Ah, essa foi boa. — O olhar de Alex ficou azul gelado, seu tom ainda leve e divertido. — Mas acho que você não sabe.

— Saber o quê?

— Eu me formei com honras em finanças pela Universidade Estadual de Michigan. Posso não ser um grande leitor, mas com certeza posso ler uma demonstração financeira e negociar um contrato muito bom. Pode dizer o mesmo?

— Eu tive tutores.

— Tutores, né? Quer dizer que nunca fez faculdade? — perguntou, com os olhos arregalados.

— Sem tempo. Minha vida foi consumida por sessões de treinamento, práticas de patinação, treinadores...

— Parece maçante.

— Por que você ainda está aqui? — Olhei em volta. — Pensei que você fosse embora hoje.

— Estou esperando Pierre fazer o check-out. Então vamos pegar a estrada e voltar para a Califórnia. E você?

— Staci e eu voltaremos esta tarde. Estamos apenas esperando a limusine para nos levar ao aeroporto. Bem, foi bom ver... O que você está fazendo? — Fiz uma careta.

— Sentando ao seu lado. — Vestindo uma jaqueta de couro preta cortada na cintura, ele se recostou no assento. Seus jeans estavam desbotados e gastos, assim como as pontas de suas botas de caubói de couro marrom.

— Por favor, vá embora. A última coisa de que preciso é ser vista como mais uma de suas Marias Patins.

— Se bem me lembro, você não se incomodou ontem à noite durante o jantar. Além disso, não vejo como sentar ao seu lado poderia prejudicar sua reputação. — Olhou para Staci, que estava ocupada com o telefone. — Ela com certeza não parece se importar em ser vista com Pierre.

— Posso imaginar o que os tweets e postagens dirão quando a notícia deles se espalhar nas mídias sociais. Provavelmente algo como "Craque vence o ouro!", "Este central é medalha de ouro!", "Dessa vez será para sempre ou apenas mais uma jogada quente?". Esse tipo de publicidade eu posso viver sem. Muito obrigada. No entanto. — Fiz uma pausa e respirei fundo. — Staci pode andar nua em uma arena cheia de gente e sair impune. Eu, porém, não posso.

— Cara, você é uma garota tensa. Precisa se soltar. Esqueça toda aquela merda inútil que vem dos tabloides.

— Você deve estar muito orgulhoso de ser conhecido como um amante delicioso, um diabo gostosão, um homem dos sonhos, um...

— Eu te disse ontem à noite que minhas prioridades mudaram. Mas, independentemente disso, não posso evitar se as mulheres me acham irresistível ou querem ficar comigo. — Ele sorriu com orgulho.

O homem não tinha vergonha na cara.

— Pelo menos não pulo de uma cama para a outra.

— Não. Você congelaria um homem antes disso — murmurou baixinho.

— Eu ouvi isso. E, só para você saber, eu gostaria que houvesse um homem que eu pudesse congelar agora.

— Eu teria te feito derreter em meus braços antes que você conseguisse.

Com a tensão subindo pela minha espinha, expulsei o ar dos meus pulmões.

— Não nesta vida.

— Hmm — ronronou, seu olhar duvidoso varrendo sobre mim do jeito que uma máquina de alisar a pista trabalha: lento e constante.

Quando um garçom passou, Alex fez um pedido rápido. Voltei ao meu Kindle, apenas para receber uma xícara de café alguns minutos depois. Tomei um gole e olhei para ele.

— Como você sabia que eu gostava de avelã? A menos que você tenha visto em algum lugar na internet.

— Eu encontrei... entre algumas outras coisas.

Afobada, abri a boca, fechei e abri de novo.

— Minha vida é um livro aberto sobre essa maldita coisa.

— Assim como a minha, como você bem sabe.

— Não tenho mais privacidade. Está tudo lá em grandes letras pretas em negrito para que todos possam ler. E o que está postado não me fez nenhum favor. Meu relacionamento de merda com Derek está estampado em todos os lugares. — Mais uma razão para não se envolver com Alex.

O homem levantou uma sobrancelha e olhou fixamente para mim.

— Estamos de volta ao Derek Babacão de novo.

Inesperadamente, comecei a rir.

— O que é tão engraçado?

— Você o chamou de Derek Babacão. Eu amei.

— Que bom que você divertido. Então, o que exatamente aconteceu entre vocês dois?

— Ele me trocou por outra.

— Quem nunca foi trocado por outro? Vamos lá. Tem que haver mais do que isso. O que mais ele fez com você que ainda te deixa com tanta raiva?

— Nada. — Ah, havia muito mais, mas não era da conta dele.

Alex tomou um gole de seu café sem tirar os olhos do meu rosto.

— Sabe, você não é a única que teve seu quinhão de relacionamentos de merda e publicidade indesejada.

— Sério? Deve ter sido terrível para você quando foi eleito o homem mais sexy do ano passado. Ou quando dezenas de mulheres foram filmadas entrando e saindo do seu quarto de hotel. Ah, pobre, pobre homem. Você sofreu tanto.

Um músculo se contraiu em sua mandíbula firme.

— Jesus. Você fez sua lição de casa. Em minha defesa, esse vídeo tem quase uma década. E, desde aquela votação, minha vida tem sido um inferno. Por meses, meus companheiros de equipe não me deixaram em paz por causa disso.

— Todos nós somos provocados, Alex... assim como todos nós fomos *dispensados*.

Seu rosto endureceu. Ele não achou minha resposta divertida.

— Ah, é? Bem, por causa dessa votação, fui perseguido por repórteres. Meu carro estava coberto de batom vermelho. Minha casa foi arrombada e encontrei uma psicopata deitada em cima da minha cama, nua. Além disso, recebi pornografia em forma de fotos e cartas de homens e mulheres enlouquecidos. Ah, sim, tem sido muito divertido.

Ao ouvir isso, minha atitude suavizou em relação ao cara. Eu realmente me senti mal por ele.

— Sinto muito, Alex. não fazia ideia de que isso tinha acontecido com você.

— Claro que não. — Ele terminou sua bebida fresca em quatro grandes goles. — Os tabloides não compartilham esse tipo de merda porque isso não aumenta a porra das vendas. — Ele passou a mão pelo cabelo dourado e grosso, da mesma cor de um deus nórdico. — Cristo, não sei por que estou lhe contando tudo isso.

Eu também não sabia por que, mas fiquei feliz por ele ter feito isso. Alex era um homem com muitos compartimentos. Aqui estava outro lado dele que tornava muito difícil não gostar do cara. Antes de conhecê-lo nesta viagem, eu só o conhecia com base no que Derek me disse ou no que li nas redes sociais ou nas notícias. Que ele não era apenas um flerte ultrajante com legiões de mulheres — ou devo dizer manadas de Marias Patins — seguindo-o dentro e fora do gelo, dentro e fora da cama, mas também um jogador malvado com um golpe matador.

— Vou pegar outra xícara de café. Quer uma?

Quando eu estava prestes a dizer não a Alex, um pequeno grupo de mulheres o levantou da cadeira e o colocou de pé em questão de segundos. Uma selfie após a outra foi tirada com ele enquanto dava autógrafos e flertava com eles.

Então, por que senti ciúmes de repente?

Não tinha que exigir nada dele.

Não era como se estivéssemos em um relacionamento ou saindo um com o outro.

Nós não tínhamos ficado nem por uma noite.

Não aguentando mais ver Alex com seu adorável rebanho, virei a cabeça e vi o chefe de relações com hóspedes do hotel vir e ficar na frente de mim e Staci com um olhar preocupado no rosto.

— Com licença, Sra. Gold, Sra. Clark, tenho algumas notícias infelizes. Devido ao mau tempo, seus voos foram cancelados.

Olhei rapidamente pela grande janela saliente. Não vi neve caindo. Nem mesmo um único floco.

— A tempestade de neve que está atingindo a região oeste do Pacífico dos Estados Unidos está impossibilitando a entrada ou saída de aviões.

— Que tal alugar um carro?

— Receio que não tenhamos mais nenhum.

Não. Não. Não. Eu tinha que voltar para a Califórnia esta noite. Começaria meu novo emprego na segunda-feira e tinha uma tonelada de coisas para fazer neste fim de semana em casa antes disso.

— Há algo errado? — Pierre se juntou a nós e apertou a mão de Staci. Ela rapidamente o informou sobre nossos voos.

— Não se preocupe, *ma cherie*. Você e Madison podem voltar para a Califórnia comigo e Alex.

— Você não se importa? — Stacy perguntou.

Eu me importava. Era uma ideia terrível. Eu ficaria presa em um carro com Alex pelos próximos dois dias.

Pierre beijou o topo da cabeça de Staci e abriu um sorriso.

— De jeito nenhum. Será um prazer.

— Ou você pode nos deixar no aeroporto de Seattle ou Portland se os voos forem retomados — sugeri rapidamente. Qualquer coisa para me afastar de Alex o mais rápido possível.

— Eu sinceramente duvido que eles estejam abertos quando chegarmos lá. — Staci franziu a testa para mim por ter feito tal proposta. Claramente, ela não queria sair do lado de Pierre.

— O que não vai abrir? — Alex deixou suas adoradas fãs e voltou para ficar ao lado de Pierre, que soltou uma gargalhada.

— *Mon ami*, sua testa está vermelha.

Eu me inclinei para trás na minha cadeira, balançando a cabeça para Alex... o alojamento teve tanto trabalho de manter as piranhas afastadas.

— Então, o que está acontecendo? — Alex perguntou, limpando a mancha do rosto com as costas da mão, como se fosse uma ocorrência diária.

— Pronto para uma viagem com Madison e Staci? — Pierre perguntou. — O voo delas foi cancelado.

— Foda-se, sim. Vamos lá. — Alex virou a cabeça, olhou para mim e sorriu. — Parece que vamos nos conhecer melhor, afinal. — Com longas passadas triunfantes, ele se afastou com Pierre para pegar um carrinho de bagagem, deixando-me para trás, atordoada demais para proferir palavras.

Alex estava com tudo.

E eu não queria nada.

Eu não queria conhecê-lo melhor. Ele não era diferente de Derek Babacão. E ter que sentar ao lado de um amante delicioso, um diabo gostosão, por vinte e cinco horas certamente não ajudaria minha libido em nada.

Pouco tempo depois, estávamos viajando pela estrada no Cadillac SUV de Pierre com a traseira lotada principalmente com minhas malas e as de Staci. É claro que ela falou primeiro que iria na frente. Eu tive que andar na parte de trás com Alex.

Não mais de um minuto de viagem e ele já estava contando piadas sobre nós.

— Meu Deus, ainda bem que Pierre e eu só trouxemos uma bolsa cada um. O que diabos vocês senhoras trouxeram que exigiria seis malas?

— Fantasias, roupas, patins, sapatos — Staci disse tudo em um tom natural. — O que acha que trouxemos?

— Você fez as malas como se fosse viajar por meses. — Pierre riu quando mudamos de faixa.

— Isso não é nada. Trouxemos pouca coisa para esta viagem. Não foi, Madison?

— Com certeza. — Recostando-me no assento, peguei meu Kindle e comecei a ler.

— O que você está lendo agora? — A voz de Alex explodiu em meu ouvido.

— Nada que você gostaria.

— Deixe-me ver. — Ele arrancou o Kindle das minhas mãos antes que eu pudesse impedi-lo.

— Ei, devolva isso para mim. — Tentei agarrá-lo, mas ele me mostrou seu ombro enorme e começou a ler em voz alta: — Finalmente ele a teve. Ela era dele. Com grande prazer, observou-a se debater embaixo dele, gritando seu nome: "Devlin, ó, Devlin. Não pare." Continuou a reivindicá-la, até que não pôde mais se conter e se libertou, derramando sua semente dentro de sua preciosa Aurora... — Alex caiu na gargalhada, entregando meu Kindle. — Achei que você estaria lendo algo mais parecido com os clássicos, *Guerra e paz*, não *O Herdeiro do Diabo*. Sua danadinha.

O calor subiu pelo meu pescoço, queimando minhas bochechas.

— Estou feliz que você tenha achado divertido.

— Cara, você é linda quando fica vermelha. — Alex recostou-se na cadeira, sorrindo para mim.

Revirei os olhos.

— É uma pena que não existam mais homens como Devlin no mundo real.

— Bem, esse diabo adoraria lhe dar o que eu mereço — devolveu, meio brincando, meio sério.

— Continue sonhando. Isso nunca vai acontecer. — No entanto, não pude deixar de me perguntar novamente se os rumores sobre sua virilidade na cama eram verdadeiros.

— O que mais você faz para se divertir além de ler romances picantes?

— Já disse o que faço: leio, danço...

— São coisas que você faz no seu tempo livre. Quero dizer, o que você faz para se divertir? Você vai acampar, vê a família, faz paraquedismo, vai a churrascos?

— As reuniões de família são tranquilas. Como já lhe disse, sou filha única.

— Não lá em casa. Com quatro irmãos mais velhos e uma irmã mais nova, é muito louco quando nos reunimos.

— Ainda te usam como disco de hóquei?

— De certa forma. Eles não deixam minha fama subir à minha cabeça.

— Deve ser uma tarefa enorme para eles, considerando o tamanho do seu ego — meio que provoquei.

— Posso ver que você se daria bem com eles.

— Acho que gostaria deles também. Parece que você tem uma família amorosa. No entanto, deve ter sido difícil para sua irmã crescer em uma casa com cinco irmãos mais velhos.

— Ela não sofreu nada. Nós a estragamos muito.

— Aposto que todos vocês fizeram.

— Você gostaria de ter filhos?

Desviei o olhar, encarei a janela e pisquei para conter uma lágrima. Tópico de crianças e engravidar foram dois grandes pontos doloridos para mim. Claro que eu queria ter um filho. Pelo menos dois deles, mas depois do que aconteceu comigo... Eu não queria pensar nisso agora e olhei para Alex.

— Talvez um dia... — foi tudo o que consegui dizer.

— Não acredite nela, Alex — disse Staci, interrompendo nossa conversa. — Madison é louca por crianças. É só disso que ela fala quando não está patinando.

— Tudo bem, Staci, já chega. Tenho certeza de que Alex não quer saber de tudo isso.

— Por que não? — Pierre perguntou. — Ele também adora crianças.

— Isso é verdade? — Encarei Alex, espantada.

— Parece que temos outra coisa em comum.

— Você está fazendo uma lista?

— Eu não faço listas. Apenas pontos.

— Já que você me ajudou com minha fobia naquele teleférico e gosta de crianças, são dois pontos para você.

— Gostaria de poder fazer com que você me julgasse no *aspecto técnico* das minhas habilidades. — Com os olhos brilhando de malícia, Alex brincou com uma mecha solta do meu cabelo antes de colocá-la atrás da minha orelha.

— Tenho certeza de que você teve muitas outras mulheres que lhe deram notas altas. Não precisa da minha.

— Eu não me importaria, no entanto.

— Tenho certeza que não. — Tentei ler, apenas para ser arrancada da história mais uma vez por Alex.

— Não entendo como eles julgam a patinação artística. Parece tão subjetivo.

De jeito nenhum eu poderia ignorar esse comentário. Deixei meu Kindle de lado e olhei para a nuca de Staci para ver se ela queria participar da conversa, mas ela estava muito ocupada falando com Pierre.

— Se você quer saber, há mais nos esportes do que apenas jogar um disco na rede.

— Sério? — A mandíbula de Alex flexionou. — Me esclareça.

— Anos praticando dentro e fora do gelo, levantamento de peso, dieta, participar de competições.

— Como se eu não tivesse que fazer nada disso sozinho. Exceto que chamamos nossas competições de jogos.

— Aturar treinadores duros, política, traição e ciúmes.

— Nada de novo aí. Vivo o mesmo.

Ah, mas eu ainda não tinha terminado. Longe disso.

— Encontrar a música certa, a coreografia perfeita, o figurino mais atraente, saber quando sorrir e quando não sorrir durante uma apresentação.

— Aí você me pegou. Acho que não atrairíamos muitos fãs se usássemos meia-calça e lantejoulas.

Não pude deixar de rir.

— O que é engraçado?

— Estou visualizando você em uma camisa rosa com babados e punhos prateados.

— Não vai acontecer nunca, amor. — E, nesse ponto, Alex balançou a cabeça várias vezes.

— Eu não duvido que você não faria por um segundo. Mas esses últimos quatro itens podem arruinar sua apresentação se os jurados não estiverem gostando ou se conectando.

— Se conectando?

— Sim. A maioria dos atletas de ponta pode pular e girar, mas nem todos podem provocar emoções ou demonstrar graça no gelo. Quer dizer, tecnicamente podem ser perfeitos como você, por si só, mas o estilo deles é insuficiente.

— Garanto que não há nada insuficiente no meu *estilo*.

— Não estou falando sobre isso. Você é terrível. — Dei um tapa suave em seu braço com a mão. — Mas nós dois sabemos que você está apenas tentando me deixar pelada.

— Te deixar pelada seria bom. No entanto, o que você diria se eu dissesse que o que eu realmente queria era convidá-la para sair e conhecê-la melhor?

— Eu diria que isso é pura enrolação. E não acreditaria em você.

— Nossa, você é durona.

Depois de todo o inferno que passei este ano e no ano passado, eu tinha que ser. Chega de ser ingênua, eu nunca estaria disposta a confiar em outro homem novamente. Absolutamente não. Especialmente um jogador de hóquei.

MADISON

— Meu serviço caiu novamente. Odeio viajar nas montanhas — Staci lamentou pela enésima vez, em uma voz que soava como unhas raspando contra um quadro-negro.

Os ombros de Alex enrijeceram.

Eu me encolhi.

Entre os guinchos de Staci e a chuva torrencial, eu enlouqueceria se não saísse logo deste carro.

— Vamos parar mais à frente — sugeri —, comer alguma coisa e ver se alguém aí pode nos ajudar a encontrar um hotel.

Depois de estar na estrada por mais de oito horas, finalmente saímos da rodovia e encontramos uma lanchonete chamada Ma's. Vangloriava-se de ter as melhores empadas caseiras. Certamente tinham fatias suficientes circulando dentro de caixas de vidro. Porém, não teria com o que compará-los… minha mãe nunca cozinhou nem assou nada. Ela estava muito ocupada com sua carreira para se familiarizar com uma cozinha.

Sentados em uma cabine, Alex e eu ficamos de frente para Pierre e Staci. Fui a última a fazer meu pedido.

— Vou querer um cheeseburger, brócolis cozido no vapor em vez de batatas fritas e…

— Querida — a garçonete me interrompeu, entre mascar seu chiclete parecendo uma vaca ruminando —, não temos brócolis.

— Ah. Bem, então não traga as batatas fritas, nem o pão.

— Não posso. Mas você pode tirá-lo quando for servido.

— Beleza. Para beber, quero um copo grande de água e um milk-shake pequeno de chocolate.

— Não pode. Não temos milk-shake. Apenas tortas. Qual delas você quer? — A garçonete soprou uma grande bolha rosa para mim, da mesma cor de seu uniforme, e começou a tagarelar. — Temos mirtilo, maçã, framboesa…

— Eu vou passar. Obrigada mesmo assim.

— Querida, me dê uma de cada. — Alex ofereceu a ela um sorriso delicioso. — Elas com certeza parecem boas.

— Obrigada, gatinho. — Com o cabelo mais claro que um pôr do sol vermelho, ela abriu um grande sorriso para Alex, exibindo os dentes manchados de tabaco. — Aposto que você poderia enfeitiçar uma mosca no traseiro de uma vaca. Seu jeito é fofo demais. Tudo bem então, eu irei colocar seus pedidos. — Ela saiu, movendo-se a passos de tartaruga em direção à cozinha.

— Eu não estava tentando ser rude com ela — expliquei a Alex em voz baixa. — Só não gosto muito de biscoitos, bolos ou tortas.

— É verdade — disse Staci. — Quando Madison era jovem, sua mãe proibia a cozinheira de assar. Provavelmente é por isso que ela não gosta de nada.

Alex estreitou seu olhar para mim.

— Deixe-me ver se entendi. Você tinha tutores e sua própria cozinheira também?

Envergonhada, afundei na cadeira e lancei um olhar de advertência para Staci manter a boca fechada. Infelizmente, não adiantou.

— Acho que você não sabia que Madison vem de uma família muito rica — continuou. — O pai e a mãe dela são donos de várias empresas aqui e no exterior.

Pierre e Alex me encararam com um olhar estranho, como se de repente eu me tornasse boa demais para eles.

Voltando-me para Staci com uma carranca, rapidamente fiquei na defensiva.

— Eu gostaria que você não tivesse dito isso. Mas essa é a vida deles. Tive que trabalhar duro por tudo o que conquistei.

— Com o apoio do papai — Staci declarou, em alto e bom som para todos ouvirem, não apenas em nossa mesa, mas na próxima também.

— Não me lembro de você reclamar quando meus pais conseguiram um bom acordo de patrocínio para você — respondi, mais do que irritada com ela por tudo o que compartilhou.

— Desculpe. Foi um lance errado. — Staci desviou o olhar de mim e o dividiu entre os dois jogadores na mesa. — Sem trocadilhos.

Havia momentos em que Staci poderia ser muito legal, mas este não era um deles. Antes de terminar em uma briga de gatos com ela, saí correndo da cabine.

— Acho que vou pegar meu pedido para levar. Espero por todos vocês no SUV. Pierre, posso ficar com as chaves?

Ele foi entregá-las para mim, mas Alex as tirou de sua mão antes que eu pudesse.

— Vou acompanhá-la lá fora.

Sem vontade de discutir, deixei o restaurante com Alex, mas não antes de ele jogar duas notas de cinquenta dólares na mesa e dizer à garçonete para mudar nossos pedidos e deixar a sacola com nossos amigos. No momento em que saímos, uma chuva fria e amarga atingiu meu rosto, da mesma forma que as palavras de Staci haviam acontecido naquele mergulho em um restaurante.

Congelada até os ossos, corri com Alex até o SUV. Uma vez lá dentro, sentei-me ao lado dele no banco da frente, tremendo incontrolavelmente.

— Depressa — pedi. — Ligue o aquecedor.

— O motor precisa esquentar.

— O que você está fazendo?

— O que você acha? — Alex arrancou as luvas e agarrou minhas mãos nuas nas dele e as aqueceu instantaneamente. Era bom demais para querer libertá-los de seu aperto forte, mas gentil.

— Sinto muito que você teve que ouvir Staci transmitir todas aquelas coisas lá atrás.

— Não dou a mínima para nada disso. Para mim, ela parecia com ciúmes de você.

— Não. Você está errado — insisti. — Tudo o que Staci toca vira ouro… medalhas, patrocínios, um trabalho fabuloso de transmissão esportiva. Tudo o que eu toco se torna um desastre… meus relacionamentos com namorados, meus pais… "Vá em busca do ouro, Madison", dizia meu pai. "Por que você não pode ser mais como Staci?", minha mãe perguntou. Eu não consegui fazer nenhum dos dois. "Prata é ótimo", disseram os dois, "mas o ouro teria sido melhor".

— Jesus — saiu da boca de Alex. — Não posso acreditar que eles disseram essa merda para você.

— Por quê? Seus pais nunca te diziam coisas assim?

— Na verdade, não. No entanto — ele disse, com uma risada sutil —, não acho que meu pai sabia meu primeiro nome até eu entrar no ensino médio. Sempre foi "melhor vocês, meninos, deixarem sua irmã em paz" ou "vocês, meninos, venham para cá agora" ou "vocês, meninos, ajudem sua mãe e limpem essa bagunça".

Não pude deixar de sorrir com a imagem de um jovem Alex correndo pela casa, criando todo tipo de inferno.

TARA L. JAMES

— Você deve ter sido um diabinho.

— E você é um pacote difícil de vencer, Madison. Você tem tudo. Talento. Inteligência. E ainda por cima é linda.

— É legal da sua parte dizer, mas você ainda não vai me deixar nua.

— Não estou dizendo isso por esse motivo. É sério. Você tem tudo.

Ah, sim. Eu tenho tudo, zombei.

— Parece que você não acredita em mim.

— Não me coloque em um pedestal. Estou longe de ser perfeita.

Alex libertou minhas mãos de seu aperto e acariciou minha bochecha com a ponta dos dedos antes de colocar as luvas de volta.

— Você realmente é diferente. Se eu tivesse dito isso a qualquer outra mulher, elas estariam em cima de mim agora.

— Mas por quanto tempo antes de você quebrar seus coração e dar um fora nelas?

— Uau. Essas garotas… quero dizer, a maioria dessas mulheres com quem estive procuravam avançar em suas carreiras às minhas custas ou queriam um "paitrocínio" com bolsos infinitos. E se eles não conseguirem encontrar isso, então vão ameaçar caras como eu indo para os tabloides com alguma história de merda se você não pagar.

— Como você pode diferenciar umas das outras?

— Pelo que dizem e como agem perto de mim.

— Você quer dizer algo tipo… Ah, senhor Craque, você é tão maravilhoso no gelo. Eu adoraria segurar seu *taco*. Beijinho. Muá. Muá.

Alex riu de mim, imitando-as com uma voz estridente.

— Algo parecido. Sim.

— Qual é o tempo mais longo que você esteve em um relacionamento?

— Um pouco mais de um ano.

— O que aconteceu?

— Não deu certo. — Ele ficou quieto e mudou seu peso no assento.

— Acho que é algo que você não gosta de falar.

— Não. Não gosto.

— É porque ela pegou você com outra pessoa?

Alex franziu a testa.

— Imaginei que você pensaria isso. Mas a resposta é não. Ela estava nisso apenas pela fama e fortuna. Ameaçou ir aos tabloides e contar uma história inventada sobre mim se eu não a pagasse para mantê-la quieta.

— O que você fez?

— Meu agente e publicitário a investigaram e descobriram que ela já havia feito esse tipo de merda antes com um jogador de futebol americano. Meu advogado ameaçou processá-la por calúnia e difamação se ela tentasse vender alguma coisa sobre mim aos jornais. Isso a fez seguir seu caminho rapidamente. — Ele fez uma pausa. — Cristo, ela era sutil. Pensei que com ela era coisa séria. Estava começando a me importar de verdade. Ela com certeza me enganou.

Uau. Aquela mulher realmente tinha levado Alex para o inferno. Evidentemente, eu não era a única que havia sido ferida por alguém em quem eles confiavam e gostavam.

— Esse tipo de coisa acontece muito com atletas profissionais?

— O tempo todo, querida. Você não acreditaria em quantos processos de paternidade foram lançados contra mim também. Claro, nenhum deles provou ser verdade.

— Você realmente teve filhos?

— Nenhum que eu saiba, mas sou muito cuidadoso quando se trata de coisas assim.

— Eu posso ver o motivo.

Explosões quentes de ar encheram o interior do SUV, derretendo os arrepios do meu pescoço e ombros. Alex ajustou o aquecedor e abriu o zíper do casaco.

— Não acredito que estamos falando sobre essa merda.

— Nem eu. Isso foi o máximo que me abri com alguém. — *Sempre. Em toda a minha vida. Com exceção de Staci, é claro.*

— Você pode falar comigo a qualquer hora — Alex suavizou a voz. — Não estou aqui para julgar. Deus sabe, muita merda aconteceu comigo.

— Verdade, aconteceu e você lidou bem. — Eu gostaria de ser mais como ele, mas a dor que Derek me causou ainda estava muito fresca em minha mente. Eu duvidava que algum dia iria superar isso.

— Agora temos cinco coisas em comum — Alex anunciou, sorrindo de orelha a orelha. — Esquiar. Fobias. Problemas familiares. Publicidade indesejada. E relacionamentos ruins.

— Exceto que você não cresceu com tutores ou tendo uma cozinheira — provoquei.

Alex compartilhou uma risada comigo e então ficou sério.

— Isso significa que você está começando a gostar de mim agora? — Seu olhar escureceu.

Endureci no meu lugar.

— Significa que sinto muito por ter sido fria com você, especialmente quando você tem sido tão legal comigo.

O ar entre nós ficou sexualmente carregado e pesado. Alex se inclinou para mim e parecia que estava prestes a me beijar. Rapidamente me afastei e prendi meu cinto de segurança. Esse era um caminho que eu não queria percorrer novamente. Não importa quão tentador fosse.

— Você acha que Pierre e Staci nos abandonaram?

— Não. — Ele suspirou e recostou-se atrás do volante. — Lá vêm eles agora.

— Eu trouxe sua comida. — Parecendo arrependida, Staci pulou no banco de trás e sentou-se ao lado de Pierre. Então me ofereceu um sorriso de desculpas e entregou a mim e a Alex nossos pedidos. — Não acredito como Washington está frio e já estamos em meados de abril.

— Vou mantê-la aquecida. — Pierre apertou o cinto de segurança e colocou o braço em volta dela. — Desculpem, demoramos muito, mas estávamos fazendo reservas de hotel. O lugar fica a cerca de dezesseis quilômetros de distância.

Ótimo, pensei, desembrulhando nossa comida e entregando a Alex seu hambúrguer, *um quarto para mim e Staci e outro para os rapazes*. Depois de um longo dia de viagem, mal podia esperar para tomar um banho quente e ir para a cama.

Em menos de meia hora, finalmente entramos no estacionamento do hotel. E foi uma coisa boa também. O ar gelado estava começando a transformar as estradas molhadas em gelo.

Depois que Staci fez o check-in para nós na recepção, puxei-a de lado no saguão e olhei em volta, esperando que Pierre e Alex terminassem na recepção.

— Onde diabos você encontrou este lugar? — A pintura das paredes estava desbotada, o estofamento das cadeiras estava gasto. E o ar cheirava a duas décadas de meias de ginástica velhas e suadas. Aposto que os quartos também tinham manchas de urina nos colchões.

— Foi tudo o que conseguimos encontrar que tivesse alguma vaga. Mas pelo menos conseguimos as suítes de lua de mel.

— Estou tão cansada que acho que não tenho o direito de reclamar.

— Madison, eu, hm, aqui. Pegue a chave. É o quarto 511. — Staci enfiou na palma da minha mão e se virou para sair.

— Onde você está indo?

— Vou passar na loja de presentes e comprar alguns lanches.

— Vou esperar por você.

— Não — gritou por cima do ombro. — Quero dizer, vá em frente.

— Beleza. Te vejo lá em cima. Precisando desesperadamente de um banho, tirei do carro a única bagagem de que precisava, entrei no elevador e subi até o quinto andar. Uma vez dentro da suíte, tirei minhas botas, joguei meu casaco nas costas de uma cadeira e engasguei.

Que diabos?

No centro do quarto havia uma cama king-size coberta de cetim preto e veludo vermelho. Eu não tinha fobia de germes, mas depois de olhar para aqueles lençóis e aquele edredom, posso passar a ter.

No canto, havia uma grande banheira redonda embaixo de um... espelho! A banheira poderia caber pelo menos quatro pessoas. Entrei no banheiro e olhei ao redor. Pelo menos aquele cômodo parecia normal. Rapidamente me despi e fui para o chuveiro.

Sob o spray quente e fumegante, eu fiquei lá e pensei em Alex, em tudo o que ele havia me dito depois que saímos do restaurante, na maneira como quase me beijou. Eu podia ver agora porque as mulheres o perseguiam. Ele era muito bonito e charmoso. Incrivelmente charmoso. Criou uma dorzinha entre minhas coxas. Ainda bem que chegaríamos em casa amanhã... Eu não teria mais que lutar contra a vontade de ceder a uma tentação tão pulsante.

Terminei meu banho, me sequei rapidamente e vesti um roupão de banho, cortesia do hotel. Só esperava que tivesse sido lavado e higienizado. Cheirava como se tivesse. Com meu cabelo enrolado em uma toalha, saí para o outro cômodo e soltei um grito alto.

— O que você está fazendo aqui?

— Eu? — Alex levantou a cabeça. — O que você está fazendo aqui? Não que eu esteja reclamando.

— Saia.

Alex lentamente deu alguns passos para trás em direção à porta, balançando as mãos de um lado para o outro.

— Ei, estou tão chocado quanto você. Acho que nossos amigos nos enganaram.

— Eu vou ver isso. — Corri para o meu celular e liguei para Staci. Depois do décimo quinto toque, finalmente desliguei. — Ela não está respondendo. Precisamos bater na porta deles e consertar isso.

— E acordar todo mundo no andar? Para nossas fotos serem postadas nas redes sociais? Posso ver as manchetes agora: Kane e Garnier lutam pelo ouro. Clark ferve de ciúmes.

— Ferver de ciúmes? Ah, que maravilha. Agora saia. Você não pode dormir aqui.

— Para onde eu vou? Todos os outros hotéis estão reservados.

Eu mataria Staci na próxima vez que a visse. Não podia acreditar que ela trocou de quarto comigo sem sequer perguntar primeiro. Ela deve ter ficado muito mal por Pierre fazer algo tão sorrateiro assim com um bom amigo.

— Você já verificou este lugar? É a porra de uma cabana de amor. — Alex jogou sua mochila no canto, então caminhou para o lado da cama e brincou com o controle remoto. O colchão começou a vibrar. Jazz suave bombeado através de alto-falantes ocultos. As luzes diminuíram e então se iluminaram. — Merda. Estamos no paraíso do sexo.

— Vai ser um inferno se você não for embora. Agora.

— Vou dormir na banheira. Você pode ficar com a cama.

— Eu não vou dormir aqui sozinha com você.

— Nunca fui para a cama com uma parceira que não queria e não estou prestes a começar isso agora. Então relaxe. Não vou tocar em você. — Alex foi até a cômoda, pegou o cardápio e caiu na gargalhada.

— O que é engraçado?

— Você não vai acreditar nisso.

— Diga — exigi.

— Você pode encomendar brinquedos sexuais diretamente de dentro daquele armário. O menu lista os preços. Ah, cara, eu tenho que ver isso. — Antes que eu pudesse dizer uma palavra e convencê-lo a não destrancar o armário, Alex já tinha a porta aberta e estava tirando consolos, algemas, um chicote. — Só posso imaginar os jogos que rolaram aqui. — Ele balançou o par de algemas na frente de seu rosto.

O calor queimou minhas bochechas.

— Este lugar deve estar infestado de germes.

— Você também tem fobia de germes?

— Me dá vontade de dormir na banheira em vez daquela cama. — Olhei para o vibrador que ele segurava na mão. Parecia exatamente com o que estava dentro da minha mala. Deus me livre ele encontrá-lo.

Alex colocou os brinquedos de volta e tirou um par de cuecas comestíveis.

— Vou comprar isso para comer na volta para casa amanhã.

— Talvez haja uma boneca inflável lá também. Ela pode lhe fazer companhia esta noite. — Eu precisava de uma bebida. Estava presa com um maníaco sexual que não se cansaria daqueles malditos brinquedos.

— Por que eu iria querer isso quando posso ter a coisa real com você? — Seu olhar aquecido passou por meus ombros, descendo pela minha cintura até meus dedos dos pés nus pintados de rosa aparecendo sob a bainha do roupão.

Uma respiração afiada o deixou quando ele jogou o pacote de cuecas em cima da mesa de cabeceira e mergulhou de costas no meio da cama, seu corpo balançando no ritmo da vibração do colchão.

— E-eu n-nunca d-deitei em um desses a-antes — admitiu, suas palavras saindo todas trêmulas. —V-você tem que e-experimentar.

— Sem chance.

— Vamos lá. E-experimenta.

— Eu não vou subir nisso.

— E-eu prometo que não vou to-tocar em você.

— Não é isso. Aposto que o edredom é nojento.

Alex rapidamente o jogou no chão.

— O-Ok, t-tente a-agora.

— Ah, tudo bem. — Juntei-me a ele e olhei para o teto. — A-Ai, meu D-Deus, há um e-espelho sobre a c-cama.

— M-muito l-legal, hein?

— Você está b-brincando? — Pus-me de pé. — Staci vai me dever muito depois desta noite.

Alex desligou a cama.

— Não estou muito feliz com nenhum deles, para dizer a verdade. — Ele se levantou e abriu o frigobar. — Gostaria algo para beber?

— Neste ponto, acho que vou tomar uma vodca com suco de cranberry, se eles tiverem.

— Você está com sorte. Eles têm. — Pegou os dois e também uma cerveja, depois preparou meu coquetel e me entregou. — Saúde.

— Saúde. — Bati meu copo contra a garrafa dele, pensando em diferentes maneiras de me vingar de Staci por me deixar sozinha em um quarto com Alex a noite toda.

Ele me lançou um olhar com diversão acalorada marcando os cantos de seus olhos.

— Belo roupão.

Tomei um gole, percebendo de repente que estava nua debaixo dele. Tive que mudar para outra coisa rápido.

— Cansada? — Abriu o zíper da bolsa e tirou uma escova de dentes, uma calça de moletom e uma camiseta.

— Eu estava, até você começar a desfilar brinquedos sexuais na minha cara. — O homem era louco. Peguei um pijama de flanela da minha bagagem.

— Suas bochechas estão vermelhas. Eu te envergonhei de novo?

— Não até você puxar o chicote — meio que provoquei, desesperada para agir como se tivesse a minha idade e não fosse uma menina ingênua de quatorze anos.

— Já que não estamos cansados, quer assistir TV junto comigo?

— Só se você ficar do seu lado da cama e não vibrar.

— Fechado. Vá e troque de roupa primeiro. Vou esperar aqui. Ou fique à vontade para não usar nada. Não vou me importar.

— Tenho certeza que não.

Alguns minutos depois, nós dois estávamos trocados e deitados um ao lado do outro com mais de um metro entre nós. Cada canal que Alex ligava não passava de pornografia.

— Meu Deus, este é um hotel desprezível.

— Não me diga que você nunca assistiu pornografia antes?

Apertei os lábios.

— Não sou uma puritana, mas ver pornografia, deitada em uma cama, com um espelho em cima de mim, ao lado de um homem que mal conheço, me deixa incrivelmente desconfortável.

— E isso vem de uma mulher que lê romances picantes. Aqui está uma comédia romântica tranquila na TV. Aposto que você vai gostar.

Sentada, encostei-me na cabeceira da cama, tomei um gole da minha bebida e observei, muito consciente do lindo espécime deitado ao meu lado.

Um terço do filme passou e Alex gemeu.

— Ah, isso é besteira.

— O que é?

— A cena que acabamos de assistir. Ela está comparando os homens a um touro macho. Depois de foderem uma vaca apenas uma vez, todo o interesse desaparece e então eles vão para a próxima. Ela está nos retratando como incapazes de ter compromissos de longo prazo. Jesus, de onde ela tirou essa porcaria?

— Ela foi ferida. Você não consegue ver isso?

— E ele não foi? Eu acho que sim. Grande momento.

— Ele é um safado. Um bad boy… como você.

— Escute, o que ele está fazendo é chamado de "sexo rebote".

— Quer dizer que ele está usando mulheres para entorpecer sua dor? Se for esse o caso, então ele é pior que um touro.

— Não se for com um parceiro disposto. E as mulheres também fazem isso com os homens. Vale para os dois lados, querida. Você deveria tentar. Talvez isso te faça se sentir melhor e consiga superar o idiota do Derek mais rápido.

— Eu não poderia usar um homem para fazer sexo sem sentido. Prefiro meu vibrador. — Coloquei a mão sobre a boca e me afoguei de vergonha. — Quero dizer…

Alex caiu na gargalhada.

— Pare de rir. Não é engraçado.

— Mostre-me seu amigo. Ouvi dizer que as mulheres nomeiam seus vibradores. Você nomeou o seu?

— Em primeiro lugar, não vou te mostrar nada. E, em segundo lugar, você é louco. Absolutamente louco.

— E você é tão fofa e ingênua, isso está me matando. Eu poderia… — Ele ficou sério.

— Você poderia o quê?

— Nada. Vamos assistir o resto do filme. — Passou a mão pelo cabelo e soltou um suspiro. Então cruzou as pernas esticadas na altura dos tornozelos e os braços sobre o peito duro.

— Alex?

— Sim.

— Você pode dormir na cama, mas precisa ficar do seu lado. — Achei ridículo fazê-lo passar a noite toda na banheira. Quer dizer, nós dois éramos adultos, certo?

— E se eu cruzar a linha invisível?

— Você está morto.

— Viu, eu sabia que você excluiria um homem da sua cama — comentou, com uma risada.

— Não acho isso nada divertido.

— Ah, vamos. Eu só estava brincando. O que o idiota do Derek fez com você de qualquer maneira para torná-la tão cautelosa com outros homens?

— É particular. Não vou te dizer.

— Eu te contei todas as minhas histórias tristes; por que não consigo ouvir a sua?

— Sinto muito por como as mulheres te trataram... Jogando falsos processos de paternidade em você, te namorando apenas pelo seu dinheiro e fama. Eu nunca faria isso com você ou com qualquer outro homem. Mas não vou contar tudo o que aconteceu entre mim e aquele Neandertal. Não posso. É muito pessoal.

— Cara, ele realmente te machucou, não foi? — Sua voz suavizou.

Tudo o que pude fazer foi responder com um aceno de cabeça.

Alex voltou a assistir TV, pegando aquele pacote de cuecas comestíveis no criado-mudo. Depois de rasgá-lo, tirou um par e mordeu a virilha.

— Quer um pouco? — perguntou, entre as mastigações.

— Não posso acreditar que você está realmente comendo isso.

— Prefiro estar comendo outra coisa. — Baixou o olhar.

— Ah, você é inacreditável.

— As mulheres me dizem isso o tempo todo. — Deu-me outro daqueles sorrisos grandes e arrogantes. — Sabe, essas cuecas não são tão ruins assim. Têm um sabor doce de uva. Você deveria provar.

— Não, obrigada.

— Quem não arrisca, não petisca. — Ele deu mais uma mordida, em seguida, deslizou o que restava da cueca de volta para dentro do pacote e continuou assistindo TV. — Acha que aqueles dois no filme vão ficar juntos?

— Claro que vão. Eles terão um FPS.

— O que isso significa? É aquele negócio de protetor solar?

— Não, bobo. Felizes para sempre.

— Todos os seus livros de romance têm FPS?

— Os que eu leio sim.

— Por que você lê isso quando pode ter a coisa real ao seu lado, aqui e agora? — Alex rolou de lado e acenou com a mão ao longo de seu torso musculoso, como se fosse um modelo de um daqueles programas de jogos de TV, exibindo um prêmio.

— Meu Deus, você é presunçoso.

— Sério, por que você lê isso?

— Para escapar...

— De quê?

— Do dia a dia. Do estresse. Do que quer que esteja me incomodando. Eu amo ser transportada para outro mundo. Sentir a angústia dos personagens. Ver como eles superam seus obstáculos para conseguir o que desejam.

— E eles conseguem o que desejam? — ele perguntou, com interesse sincero.

— Sempre.

— E o que é que eles geralmente querem?

— A esperança de amanhãs melhores. Um felizes para sempre.

— E ótimo sexo. Muito, muito e muito de um ótimo sexo. Deveria se chamar TSS... toneladas de sexo sempre.

— É só nisso que você pensa? — Fiz uma careta.

— Eu sou homem. O que você espera? E, considerando o que nos rodeia, considerando que estou deitado em uma cama enorme que vibra sob um grande espelho ao lado de uma mulher linda, é difícil não pensar nisso. Quero dizer, olhe para nós lá em cima.

Fiz o que me pediu, vendo o reflexo do antigo deus nórdico de cabelo dourado deitado ao meu lado e então para minha própria imagem.

— Você é absolutamente linda. Seu cabelo é mais escuro que uma noite sem lua. Suas bochechas parecem creme fresco. E aqueles lábios carnudos e vermelhos me deixam louco. Ah, Aurora — disse Alex, tentando não rir. — Eu tenho que ficar com você. Deixe o diabo receber o que lhe é devido.

— Para. — Minha voz aumentou com seu humor ultrajante. — Não há nada que você não tente, não é, para tirar a minha calcinha?

— Eu não tenho ideia do que você quer dizer? — Fingiu ignorância, um brilho de diversão cruzando seu rosto. — Estou magoado por você dizer isso. Especialmente quando ainda não coloquei a mão no templo sagrado de Madison Clark.

— N-não. Você não colocou. Mas a noite é uma criança.

As feições de Alex ficaram sérias.

— Eu te disse que só vou para a cama com quem quer. E você, minha linda anjinha, deixou perfeitamente claro seus limites. — Ele respirou fundo. — Além disso, eu gosto do meu pau. Não quero que seja cortado no meio da noite.

Ele era tão adorável. Tão engraçado. Tão malditamente irresistível.

— E-eu posso estar disposta... a deixar você me beijar.

— De jeito nenhum eu vou fazer isso. — Ele balançou a cabeça e bateu os braços no peito, parecendo estar vestindo uma camisa de força auto-imposta.

— E por que não? — perguntei, com pena dele.

— Porque eu não conseguiria parar por aí. Eu quero mais. Inferno, eu iria querer você inteira.

— Ah. — Com a boca seca, engoli. — Talvez devêssemos esquecer isso completamente e assistir o resto do filme.

— Isso provavelmente é uma boa ideia. — Ele afundou mais contra um monte de travesseiros, em seguida, cambaleou para a frente. — Ei, por que você queria que eu te beijasse de repente?

— Porque... porque você torna impossível não gostar de você.

— Tudo bem. Agora temos uma sexta coisa em comum. — Eu também gosto de você.

Meio cochilando, acordei com um grande corpo mais duro que uma laje de granito encostado em meu traseiro... um braço forte feito de aço em volta da minha cintura... de Alex!

Engasguei em busca de ar e enchi meus pulmões com seu cheiro de sabão.

Ele falou em voz baixa e rouca em meu ouvido, as pontas de sua barba raspando suavemente contra minha bochecha.

— Bom dia.

Eu me virei e olhei com os olhos arregalados para um sorriso torto.

— Dormiu bem? — Ele me deu um doce beijo nos lábios.

O pânico me consumiu. Eu me toquei freneticamente apenas para descobrir que ainda estava com meu pijama de flanela, incluindo minha calcinha. Soltei um suspiro para aliviar meu coração acelerado. Nós não tínhamos feito nada íntimo, para minha decepção repentina e imprevista, que nem preciso dizer, me chocou como o inferno porque eu não esperava me sentir assim.

— Esta é a primeira vez que seguro uma mulher em meus braços e durmo a noite toda sem fazer nada, como aquele cara do filme — confessou Alex. — Foi agradável. Muito bom.

— Você deveria ficar do seu lado da cama.

— Ah, vamos. Não aja como ela.

— Ela? Quem é ela?

— Você adormeceu durante aquela parte do filme ontem à noite. A heroína. Ela teve um ataque de nervosismo, assim como você parece estar tendo agora.

— Eu não a culpo. Você abusou.

— Voltamos a isso de novo? — Ele suspirou e colocou outro beijo em meus lábios, enviando arrepios até meus dedos pontudos.

— Eu confiei em você.

— Por que você está tão chateada? Nada aconteceu.

— Eu confiei em você e você quebrou sua promessa.

— Caso não tenha notado, querida, é você quem está do lado errado da cama.

— E-eu o quê?

— Olhe onde você está deitada.

Ai, meu Deus, ele estava certo. E não só isso, mas Alex ainda tinha o braço em volta de mim também. Rapidamente rastejei para fora dele e me afastei.

— Você deveria ter me empurrado de volta.

— Você tem sorte de tudo que eu fiz foi te abraçar. Poderia ter feito muito mais com você por invadir minha propriedade.

— Como o quê?

— Quer falar sobre isso ou quer que eu te mostre?

O momento havia chegado. Minha mente girou com um turbilhão de emoções misturadas.

Desejo *versus* resistência.

Render-se *versus* recuar e dar o fora do quarto.

Verdade seja dita, foi bom acordar em seus braços. Ser recebida com um sorriso torto e um beijo caloroso. Por mais que eu quisesse ficar na cama com ele, ainda não conseguia. Minhas memórias do passado, do que o idiota do Derek tinha feito comigo, venceram meu desejo.

— Acho que é hora de nos prepararmos e partirmos. Tenho certeza de que Pierre e Staci já estão acordados.

Alex negou com a cabeça, seu olhar se concentrando em meus lábios, fazendo-os tremerem.

— Desculpe. Mas não vamos a lugar nenhum.

Meu pulso saltou.

— O que você quer dizer?

— Verifiquei os boletins meteorológicos esta manhã. Estamos congelados no momento.

— Não entendi. — Saltei para o chão e corri para a janela. Tudo estava coberto com o que parecia vidro puro… o estacionamento, a estrada, as árvores… tudo. — Achei que o gelo já teria derretido.

— Eu também. Espero que derreta ainda hoje. Vou comer algo rápido, depois me aventurar lá fora e dar uma olhada na cidade. Você é bem-vinda para se juntar a mim.

Que diabos. Eu poderia muito bem ir com ele. Seria melhor do que ficar aqui assistindo pornografia. Nós dois nos revezamos para vestir nossas roupas no banheiro. Então pegamos nossos casacos e saímos da suíte.

Entrei no elevador com Alex e esperei que, quando descêssemos no primeiro andar, não houvesse um repórter ou um fã indisciplinado esperando para nos cumprimentar com sua câmera.

— Devemos perguntar a Pierre e Staci se querem comer conosco. — Joguei meu rabo de cavalo por cima do ombro e apertei o botão.

— Já fiz isso quando você estava se trocando.

— O que eles disseram?

— Pierre disse n-não, m-mas...

— Pare com isso. — Eu ri. — Não acredito que eles colocaram a cama para vibrar.

— Confie em mim, eles tinham muito mais coisas acontecendo do que apenas isso.

Neguei com a cabeça, tentando tirar aquelas imagens da minha mente, deles fazendo muito sexo e brincando com todos aqueles brinquedos malucos, quando as visões de repente passaram diante de mim, de Alex e eu fazendo um rala e rola horizontal juntos sob aquele maldito espelho sobre a nossa cama.

— Sua danadinha. Sei o que você está pensando. — Um sorriso de bad boy deslizou pelo rosto de Alex.

Como ele poderia saber? Franzi minha testa em uma linha reta, então saí correndo do elevador e entrei no saguão, grata por não haver repórteres ou fãs esperando para nos receber.

— Você está com inveja deles — veio a voz de Alex atrás de mim.

— Não, não estou. — Caramba, eu era tão óbvia?

— Está escrito na sua cara.

— Pare de ser ridículo. — Desesperado para esconder meu espanto, dei vários outros passos à frente dele.

Com a risada de Alex me seguindo, entrei na pequena área de jantar ao lado do saguão principal. Meu corpo estava acelerado de frustração sexual, então enchi uma tigela com aveia fumegante, sentei-me à mesa e suspirei.

Claro que eu tinha inveja de Pierre e Staci.

Eu nem conseguia me lembrar de quando foi a última vez que fiz sexo. E comer, dormir e estar ao lado de um deus nórdico com músculos protuberantes vinte e quatro horas por dia com certeza não estava ajudando minha libido, assim como eu suspeitava originalmente.

Alex desabou no banco à minha frente com um prato cheio de panquecas envoltas em calda de bordo.

— Acha que Staci e Pierre usaram o chicote e as penas? — Enfiou uma grande garfada de sua refeição na boca.

— Conhecendo Staci, tudo é possível. — Comi outra colher de mingau de aveia, desesperada para bloquear qualquer visão deles se chicoteando.

— Eu me pergunto qual é a palavra de segurança deles. Disco? Taco? A nossa provavelmente seria marmota.

Neguei com a cabeça para ele e ri.

— Ok. Chega. Vamos falar de outra coisa.

— Estou sempre pronto para qualquer coisa na cama, desde que não haja dor. Eu não curto sentir dor. Você curte?

— Informação demais, Alex, informação demais!

— Só estou te contando caso mude de ideia. Estou sempre disposto e pronto.

— É óbvio. — Parei. — Não acredito que estamos tendo essa conversa.

Seu rosto ficou sério.

— É difícil não pensar quando sexo é praticamente a única coisa em minha mente quando estou perto de você.

Falando em sexo, minha própria frustração sexual estava atingindo a capacidade máxima.

— Nós… precisamos sair e tomar um pouco de ar fresco. — Muito, e muito ar fresco e frio. Eu precisava me refrescar.

Aquele sorriso de bad boy voltou e se estendeu ainda mais no rosto de Alex. Era como se o maldito conhecesse minha luta. Sem dizer mais nada, nós dois nos apressamos e terminamos nossas refeições, então vestimos nossos casacos e saímos para um país das maravilhas congelado às nove horas da manhã.

As árvores estavam fortemente sobrecarregadas com gelo pendurado em seus galhos. Vários galhos se quebraram durante a noite e agora jaziam no chão ou em cima de telhados pertencentes à fileira de pequenas empresas do outro lado da rua. A calçada estava com sal até nos aventurarmos fora da propriedade do hotel.

TARA L. JAMES

Eu ri, meus pés deslizando para frente e para trás no cimento gelado.

— Isso é uma loucura. Talvez devêssemos voltar e verificar o SUV de Pierre para ter certeza de que não foi danificado pela tempestade.

Alex assentiu.

— Boa ideia.

Com cuidado para não cairmos de bunda no chão, nos viramos e lentamente fomos para trás do hotel. Nós dois paramos ao mesmo tempo. Uma enorme árvore havia caído sobre uma fileira de veículos, incluindo o de Pierre.

— Puta merda — saiu da minha boca. — Isso não parece bom.

— Não. Não. Provavelmente teremos que passar mais uma noite aqui. — O tom de Alex era leve e cheio de humor, diferente do meu.

Eu gemi.

Teria que insistir em ficar com Staci. De jeito nenhum eu poderia passar outra noite na cama sozinha com Alex. Não com tanta tentação ao meu lado. Definitivamente não.

— Precisamos ir falar com o gerente. Agora. E tirar o veículo de Pierre de lá.

MADISON

Alex e eu fomos falar com o gerente do hotel, e as notícias não eram promissoras. Quando eles pudessem remover a árvore, seria tarde demais para voltar à estrada, presumindo que o Caddy de Pierre não estivesse terrivelmente danificado e ainda pudesse funcionar.

Não muito feliz com a nossa situação, segui Alex para fora do escritório do gerente até o saguão.

— Vou ligar para Staci.

— Tudo bem. Vou pegar uma xícara de café e ver se consigo falar com Pierre.

Depois que Alex saiu, consegui falar com ela e contei as más notícias sobre o SUV.

Ela certamente não parecia desapontada.

— Pierre está ao telefone agora, falando com o gerente do hotel. Obrigada por me avisar.

— Tem mais uma coisa. Já que temos que ficar aqui, eu insisto que você troque com Alex e fique comigo. Eu lidei bem com uma noite, deitada ao lado de um deus nórdico e mantendo minhas mãos longe dele. Mas duas... eu não achava que conseguiria.

— Ele não te machucou de qualquer maneira, não é? — Sua voz soou alarmada.

— Claro que não. Ele é... ele não tem sido nada além de um cavalheiro. — Estou preocupada é comigo.

— Bem, se for esse o caso, então vou ficar com Pierre. Sei que você vai me matar por isso mais tarde, mas prometo que nunca mais farei algo assim com você.

— Staci, tenho certeza que você já teve muitos orgasmos. Eu realmente quero que você...

— Pierre. Pare com isso, seu francês safado. — Sua risada ecoou em meu ouvido. — Ouça, Madison, eu tenho que ir. Te vejo amanhã.

— Mas Staci...

O telefone ficou mudo.

Eu estava chateada.

Sem nenhum outro lugar para ficar, todos os outros hotéis estavam reservados, incluindo este, enfiei meu celular no bolso e caminhei em direção à loja de presentes, querendo estrangular minha melhor amiga.

Desesperada por algo doce, entrei na loja e senti alguém por trás dar um puxão no meu rabo de cavalo. Virei-me e não fiquei surpresa ao encontrar Alex como o culpado.

— Se você está aqui para comprar preservativos, não compre, eu tenho muitos. — Seus olhos brilharam em um azul forte e provocador.

— Este hotel desprezível subiu à sua cabeça.

Alex olhou para sua virilha, depois para mim e sorriu.

— Foi para essa daqui também.

Não pude deixar de rir e caminhei por um corredor.

— O que estamos procurando? — veio a voz de Alex atrás de mim.

— Qualquer coisa que não seja uma vestimenta comestível.

— Ei, não seja assim. O gosto era bom.

E imaginei que o gosto dele também.

— Tenho certeza de que não foi a primeira vez que você comeu um par antes.

— Um homem nunca deve falar sobre suas intimidades com ninguém.

Assim como Derek.

— Vou deixar você fazer suas compras. — Alex se afastou, seus passos iguais a dois dos meus.

Finalmente encontrei o que queria. Com vontade de comer algo doce, fiquei ali por alguns minutos debatendo sobre o que comprar. Tudo parecia bom. Finalmente, peguei uma barra de chocolate cheia de nozes e caramelo. Depois de pagar, coloquei-o no bolso do casaco e encontrei Alex esperando por mim no saguão, segurando uma sacola plástica na mão.

— O que você comprou?

— Isto é para você.

— Para mim?

— Sim. — Entregou-me a sacola. — Abra.

Eu não conseguia me lembrar da última vez que alguém me comprou um presente. Tremendo de excitação, rapidamente tirei um pequeno animal de pelúcia.

— É uma marmota. Eu amei. Onde você achou isso?

— Na loja de presentes perto das camisinhas e KY.

— Alex!

— Estou brincando. Foi perto das camisetas.

— Obrigada. Isso foi muito gentil da sua parte. — Ofereci a Alex um sorriso agradecido e um beijo rápido nos lábios.

Seu rosto se iluminou com surpresa inesperada.

— Se eu soubesse que você reagiria dessa maneira, teria comprado dez deles.

— Então você ganharia mais beijos?

— Isso aí. — Lançou-me um olhar sombrio que fez meu pulso acelerar. Eu odiava admitir, mas gostava de flertar com Alex. Nunca havia um momento de tédio com este homem. E ele certamente sabia como me fazer rir. Dei um abraço na marmota de brinquedo antes de colocá-la de volta na bolsa.

— Acho que vou chamar de... marmelada.

— Você é o tipo de pessoa que tem oitenta bichos de pelúcia na cama?

—Meu Deus, não. — Eu ri. — Mas vou encontrar um lugar especial para este em algum lugar da minha casa.

— Como não podemos sair até amanhã e o tempo está uma merda lá fora, já sei onde vou me colocar.

— E onde será isso? — Segui Alex até o elevador, imaginando o que sairia de sua boca atrevida a seguir.

— Hora da banheira de hidromassagem, baby.

— Sério?

— Sim, por que não. Você pode se juntar a mim. Podemos relaxar nas bolhas, assistir TV e beber cerveja.

Como eu poderia dizer não a isso? Especialmente quando minhas juntas doíam e eu estava congelando.

— Estou dentro. Conte comigo.

— Ótimo. — O elevador chegou ao nosso andar e nós dois saímos para o corredor. — Ah, e por falar nisso — acrescentou — roupas de banho são opcionais.

— Só em seus sonhos.

— Você já está neles. Eu só queria poder torná-los realidade.

— Não vai rolar.

— Isso é o que você pensa — murmurou baixinho, abrindo a porta do nosso quarto.

TARA L. JAMES

Entramos em nossa cabana do amor, como Alex tinha chamado. Então tirei meu casaco e coloquei meus pertences em cima de uma mesa.

— Eu vou trocar de roupa primeiro. Você faz esses jatos funcionarem.

— Os meus já estão funcionando.

— É melhor você acalmá-los antes que eu me junte a você na banheira.

— Eu prefiro que você os acalme.

— Você é terrível — insisti, provocando.

— Gostaria que você me deixasse mostrar quão terrível eu posso ser. — Seu tom divertido estava em desacordo com sua expressão intensa.

— Estou me trocando. Coloque esses jatos para funcionar. E você, senhor Craque, acalme-se. — Peguei meu biquíni da minha bagagem e corri para o banheiro.

Uma vez lá dentro, encostei-me à porta e soltei um suspiro agudo. Por que ele tinha que ser tão incrivelmente presunçoso e charmoso? Ele estava dificultando muito mais que eu resistisse a ele. Maldito seja ele e seus sorrisos perversos e pecaminosos.

No momento em que me troquei e voltei para o quarto, Alex já estava sentado na banheira, esperando por mim com uma cerveja extra na mão e um sorriso grande e gordo no rosto.

— Entre. Guardei um lugar para você. — Alex me observou atravessar o quarto. Seus olhos se estreitaram enquanto eu lentamente removia a toalha de banho enrolada em meu torso e mostrava meu biquíni vermelho. Seus lábios se separaram quando mergulhei o dedo primeiro na água e depois entrei na banheira. Um gemido de dor o deixou ao me ver vagarosamente deslizar abaixo da superfície borbulhante até chegar ao nível do ombro.

— Ahh — saiu da minha boca, a água pulsando contra a parte inferior das minhas costas.

— Cristo, Madison, nunca pensei que você fosse tão provocante — disse ele, em voz baixa e rouca.

— Provocante? — perguntei, com uma risada, agindo de forma inocente e inconsciente. — Não tenho ideia do que você quer dizer.

— Sim. Certo. Você está me matando. — Sentado no cantinho na minha frente, ele estendeu a mão e me deu minha cerveja. — Se alguém tivesse me dito algumas semanas atrás que eu estaria sentado em uma banheira de hidromassagem em um hotel desprezível com uma mulher linda com duas medalhas olímpicas em seu nome, eu teria dito que eles eram loucos.

— Bem, se alguém tivesse me dito que eu estaria com outro jogador de hóquei novamente, eu responderiam que eles tinham perdido a *droga* da cabeça.

— Só para constar, você está com um jogador de hóquei que tem quatro Copas Nacionais em seu nome. — Ele ergueu quatro dedos orgulhosos para dar mais ênfase.

— Eu não sabia disso. É uma grande conquista.

— Não. Você nesse biquíni é que é incrível pra caralho.

— Você está usando sunga, certo? — devolvi, em pânico.

— Quer vir aqui descobrir?

Joguei água nele e ri.

— Acho que vou ficar onde estou, muito obrigado.

— Medrosa.

— Muito. — Olhei para o meu reflexo e quase escorreguei do lugar e caí no mini redemoinho que circulava no centro. — Esqueci-me do espelho.

— Eu não. Eu poderia olhar para cima e ficar te observando o dia todo.

— Você é sempre tão próximo com as mulheres que conhece pela primeira vez?

— Só com você. — Sua voz baixou. — Puxei a TV, para que possamos sentar aqui e assistir a um filme juntos. Mas então isso significaria que eu teria que sentar ao seu lado para poder ver a tela. Acha que poderia lidar com isso?

— Meu Deus, seu ego é inacreditável. A verdadeira questão é: você pode?

— Claramente, eu lidei ontem à noite.

Eu duvidava que pudesse, mas não estava prestes a dar a ele a satisfação de saber que ele já estava acendendo um fogo baixo dentro de mim, com ele apenas sentado a apenas alguns metros de distância.

— Antes de ir para lá, quero ter certeza de que não estarei violando nenhuma lei de invasão.

— Apenas traga sua bunda para cá. E o controle remoto.

— Sim, senhora.

Em um movimento fluido, Alex sentou ao meu lado e ligou a TV. Depois de navegar pelos canais, a única coisa que valia a pena assistir era o filme que havíamos visto juntos ontem à noite. Todo o resto era pornografia ou noticiário.

— Se eu fosse um touro — Alex sussurrou em meu ouvido —, a única vaca com quem eu gostaria de estar seria você.

— Ah, obrigado. Que mulher não quer ser comparada a um animal? Ora, ouvi dizer que você pode encantar até mesmo uma mosca no traseiro de uma vaca.

Ele riu, sua respiração aquecendo minha bochecha.

— Ah, mas pense nisso. Você seria a única escolhida no rebanho. Pode imaginar como as outras vaquinhas se sentiriam? Provavelmente com ciúmes pra caramba.

— Eu estava errada.

— Sobre o quê?

— Seu ego não é do tamanho do Texas. É do tamanho de todos os Estados Unidos.

— Nesse caso, estou surpreso que meu pescoço e ombros aguentem o peso da minha cabeça.

— Eu também estou. — Dei a ele um sorriso.

Suas feições ficaram sérias.

— Nunca conheci ninguém como você, Madison. — Ele se inclinou mais perto. Enquanto eu fazia uma fraca tentativa de me afastar dele, Alex passou os lábios macios pelos meus. Uma vez. Duas vezes. Três vezes. — Acredita em atração instantânea? — perguntou, em voz baixa e rouca.

— Acredito. Mas evito a todo custo. Nada de bom vem disso. Derek é a prova disso.

— Cara, mesmo depois do seu rompimento com aquele idiota, ele ainda tem controle sobre você. — Antes que eu pudesse protestar, Alex submergiu sob as bolhas, apenas tempo suficiente para me fazer perceber que ele estava certo. Então ressurgiu com correntes de água caindo em cascata por seu pescoço grosso e ombros largos.

Com as pontas de sua barba pingando, empurrou para trás o cabelo encharcado e se inclinou contra o lado e olhou para mim com os olhos arregalados.

— Você nunca vai me contar o que ele fez com você, não é?

Neguei com a cabeça.

— Não. Não vou.

Depois de alguns, longos segundos, ele suspirou em resignação.

— Ok, então pelo menos me diga uma coisa sobre sua infância.

— Você realmente quer me conhecer?

— Eu quero saber tudo sobre você.

Que estranho, pensei. A maioria dos homens com quem namorei só queria falar sobre si mesmos. Eles raramente demonstravam interesse em saber mais sobre mim além de minhas duas medalhas olímpicas. Ao contrário de Alex.

Depois de desligar a TV, ele me levantou como se eu fosse um saco de farinha de cinco quilos e me sentou de lado em cima de seu colo, colocando mais lenha na fogueira que ardia dentro de mim.

— Envolva seus braços em volta do meu pescoço.

Hesitei.

— Coração, não vou te morder.

Com uma das mãos, agarrei seu ombro.

— Gostei do seu beijo — admiti, tímida.

— Gosto de te beijar. Mas não vai rolar de novo até me contar mais sobre você.

— Quem está provocando quem agora? — indaguei, sem fôlego.

— Confie em mim, estou usando todas as minhas forças para não perder meu autocontrole e te tomar. Bem aqui. Neste exato segundo.

Com a boca seca, engoli e me contorci contra ele.

— Se você continuar assim, vai descobrir exatamente o quanto te quero.

E sentei no colo de um cara que já foi eleito o homem mais sexy do ano. Ele tinha centenas de mulheres, se não milhares, perseguindo-o. O que elas não dariam por uma chance de estar no meu lugar agora?

— Acho que você está seriamente atraído por mim.

— Ô se estou, querida.

Empurrei para trás uma mecha molhada de cabelo que caía em sua testa e soltei uma risada baixa.

— Tem certeza de que quer ouvir sobre minha infância?

— Sim — ele sussurrou em meu ouvido e aninhou-se no local abaixo dele, enviando arrepios na minha espinha.

— Não há muito que contar. É a história da pobre criança rica. Fui criada em uma casa por dois pais negligentes. O que me salvou de entrar nas drogas ou de me tornar uma designer viciada em compras foi meu amor pelos patins. Foi só quando meus pais perceberam que eu era muito boa que isso despertou o interesse deles por mim. Suponho... suponho que foi por isso que fiquei obcecada com o esporte. Eu...

— Você estava com medo de que, se falhasse, perderia o amor deles.

— Engraçado. Nunca pensei nisso dessa maneira antes. Até que você apontou para mim.

— Veja, você precisa de alguém como eu por perto. Eu sou bom para você.

De muitas maneiras, Alex era. Pena que eu nunca seria capaz de confiar totalmente nele.

— Como está seu relacionamento atual com eles?

— Você quer dizer com meus pais?

Alex assentiu e tomou um gole de cerveja.

— Ainda é uma merda?

— Melhorou. Mas ainda há alguma tensão entre nós. Como está o seu?

— Às vezes, muito próximo — disse ele, com uma risada. — Tudo o que ouço quando volto para casa é quando vou sossegar. Meus irmãos e irmã são todos casados. Uma baita pressão. Tenho quatorze sobrinhas e sobrinhos.

— E aposto que você é o tio favorito deles.

— Eu sou. Como você sabia disso? — O espanto atravessou seu rosto.

— Porque você é muito divertido. Sempre desejei ter uma família grande.

Alex roçou seus lábios contra os meus novamente.

— Você merece milhares mais destes. Deixe o passado para trás. Comece algo novo. Comigo. — Ele penetrou minha boca com sua língua, torcendo e girando com a minha, seu calor escorregadio causando uma grande agitação entre minhas coxas.

Apesar de todas as minhas dúvidas e medos, minha determinação de ficar longe de Alex desapareceu. Completamente. Saboreando seu gosto, aprofundei o beijo, caindo em um torpor luxurioso cheio de necessidade e desejo.

Tanto desejo.

Alex me pegou em seus braços e me carregou para fora da banheira. Meu corpo tremia de excitação quando ele me colocou de pé e afrouxou seu aperto.

— Eu quis te beijar no segundo que te vi indo em direção ao teleférico no sopé da montanha. Mas basta uma palavra sua e eu paro.

Presa em seus hipnóticos olhos azuis, pela sensação de seu peito duro pressionado contra meus seios, ofeguei um…

— Não. Não pare.

Sem perder mais um segundo, Alex me prendeu contra a parede, nossos corpos pingando e cheios de uma incrível necessidade. Ele caiu de joelhos e passou os lábios pela parte interna da minha coxa, deixando um rastro de calor.

— Linda — murmurou.

Meu corpo se iluminou como uma tocha. Passei a mão por seu cabelo molhado e grosso e o instiguei.

Em três segundos, ele tirou a parte de baixo do meu biquíni e sua boca cobriu meu sexo. Sua língua encontrou o pico oculto, enviando ondas de choque da minha cabeça até os dedos dos pés. Um gemido deixou meus lábios.

Murmúrios escaparam dele.

— Você tem um gosto tão bom, mas como gostaria disso? — Deslizou um dedo depois outro dentro de mim, esfregando o cume nos lugares certos. — Tão molhada e apertada.

Tremendo descontroladamente, encontrei seu olhar aquecido com o meu.

Luxúria.

Desejo.

Necessidade.

Tudo queimou em seus olhos.

Ainda me acariciando com os dedos, ele chupou meu clitóris impiedosamente, criando uma pressão inacreditável dentro de mim. Um poderoso orgasmo logo passou por mim. Minhas pernas vacilaram. Minha mente girou com puro deleite.

— É isso, Madison. Liberte-se.

Lutando contra o grito entalado em minha garganta, agarrei os ombros de Alex, cravando as unhas em sua pele, uma enorme onda após a outra passando por mim.

O fluxo acabou diminuindo, deixando-me sem fôlego e em estado de choque com aquela onda incrível. *Agora eu sabia...* pensei vertiginosamente. *Agora eu sabia que as coisas que tinha ouvido sobre Alex quando estava namorando Derek eram verdadeiras.* Ele definitivamente sabia como patinar em torno de uma mulher e marcar um grande ponto.

Deus me ajude, um ponto enorme!

Alex deslizou para cima de mim como uma cobra curiosa, parando para beijar meu umbigo, passar os lábios sobre minhas costelas. Antes que eu pudesse respirar, ele tirou meu sutiã do biquíni.

Seus olhos se arregalaram. Ele me deu um olhar faminto, em seguida, cobriu meu peito nu completamente com a boca. Sua língua circulou em torno da auréola entre beliscar o mamilo com os lábios, acendendo uma nova onda entre minhas coxas.

Apenas quando pensei que não poderia aguentar mais, ele colocou mais combustível em um fogo que já queimava dentro de mim. Juntou o outro seio em sua boca e se banqueteou com a carne excitada.

Chupando.

Beliscando.

Lambendo.

Passei os dedos por seu cabelo novamente enquanto ele me deixava louca, as pontas de sua barba arranhando minha pele, aumentando meu prazer erótico. Prometi a mim mesma que não imploraria, mas precisava dele. Queria ele. Agora.

— Alex, por favor. Não aguento muito mais disso.

Ele se ergueu em toda a sua altura, seu corpo poderoso me ancorando contra a parede.

— É isso que você quer? — Alex gentilmente empurrou seu comprimento longo e duro em minha barriga macia. Sem palavras, assenti em choque com a sensação de seu eixo através de seu calção molhado. — Você terá que aguardar.

Deixei escapar um gemido choroso quando ele cobriu minha boca com a dele. Não encontrando resistência, ganhou acesso aberto e explorou cada fenda com golpes tentadores. Meu coração martelava em meu peito. Ele tinha gosto de uma droga intoxicante. Um gosto que eu poderia ficar viciada, se não fosse muito cuidadosa.

Com as pernas trêmulas, envolvi um braço em seu pescoço para não cair. Ele não estava apenas explorando minha boca com um doce beliscão aqui, mas também arrebatando-a com uma lambida quente ali. A intensidade quase me fez perder o pouco de sanidade que me restava.

Inspirando tão rápido quanto expirava, me afoguei nos beijos que ele roçou em minha bochecha, sua barba mais uma vez raspando e fazendo cócegas na minha pele. Sua língua encontrou minha orelha e traçou muito suavemente as bordas externas, enviando ainda mais arrepios eróticos para baixo para a parte superior das minhas coxas.

— Gostaria agora? — perguntou, em voz baixa e rouca.

— Sim. — Minha voz tremeu.

Em um movimento fluido, Alex me pegou em seus braços e me colocou de costas no meio da cama. Eu não conseguia parar de olhar para seu peito duro como pedra e bíceps protuberantes enquanto ele estava no chão e tirava sua sunga.

Baixei meus olhos, que logo se arregalaram. Meu Deus, os rumores eram verdadeiros. Ele realmente era bem dotado.

— É todo seu, linda — disse Alex, com uma risada, e rapidamente encontrou um invólucro e rasgou-o.

Sem me dar chance de ajudá-lo, colocou a camisinha e me puxou pelos quadris até a beirada da cama. Depois que ficou entre minhas coxas, colocou meus tornozelos em ambos os lados de seus ombros. Em um grande movimento de deslizar, entrou em mim, preenchendo e esticando minhas paredes.

O espanto percorreu seu rosto.

O espanto quebrou o meu.

Eu ofeguei e gemi com a sensação de seu comprimento.

Ele parou de se mover e falou com uma voz cheia de preocupação.

— Estou te machucando?

— Não. Deus, não. — Rendida ao feitiço deste homem, enrolei os lençóis em meus punhos e me afoguei nas sensações e prazeres inacreditáveis disparando por todo o meu corpo.

Palavras de sexo.

Palavras sujas.

Todos elas saíram de sua boca, aumentando a atração ardente entre nós. Eu estava sob seu controle. Totalmente.

No entanto, suas estocadas estavam no ritmo dos meus movimentos, alimentando-me com um prazer sem fim. Era incrível como ele estava em sintonia com os meus desejos. Necessidades.

Olhando para mim, examinou-me como um lobo faminto, lambendo os lábios.

— Você gosta disso? — Agarrou meus quadris e se moveu em mim mais rápido.

— Sim. Ai, Deus, sim, por favor, não pare.

— Parar? — Seus olhos escuros se arregalaram. — Estamos apenas começando.

TARA L. JAMES

ALEX

Cercado na escuridão, acordei com Madison enrolada contra mim em meus braços e com números digitais vermelhos brilhando em meu rosto. O relógio na mesinha de cabeceira marcava duas da manhã. Que noite. Inferno, que dia foi ontem. Uma fantasia que se tornou realidade.

Madison e eu ficamos no quarto e fizemos sexo inacreditável. Sexo gostoso. Sexo delicioso. Por horas. Ela era uma mulher gostosa. Uma que eu não queria perder. Ela se mexeu em meus braços e beijei o topo de sua cabeça, inalando seu cheiro devasso e delicioso.

— Ainda é de manhã — ela gemeu.

— Não, querida. É cedo. Volte a dormir.

Ela deslizou para baixo da cama e debaixo dos lençóis.

Os pelinhos da minha nuca se arrepiaram. Meu pulso saltou.

— O que você está fazendo?

— Estou com fome. Estou com vontade de fazer um lanche noturno.

— Jesus. Madison. — Senti seus dedos macios tocarem de leve nas minhas costas, seu cabelo se arrastando pelo meu peitoral. Ela deu beijos doces ali, passando pelo meu abdômen. Afastei as cobertas e a observei continuar sua jornada e me dar mais daqueles beijos em meu eixo sensível.

O ar saiu dos meus pulmões. Pensei que enlouqueceria quando ela enrolou os dedos em volta do meu pau e explorou cada centímetro de mim com seus lábios e língua, tentando descobrir como me encaixar em sua boca.

Deslizando pelo meu eixo, ela finalmente cobriu a cabeça inchada com os lábios e mergulhou sobre mim com aquela boca deliciosa. Lentamente, moveu-se para cima e para baixo... para cima e para baixo... para cima e para baixo em mim, cada golpe mais intenso que o anterior. Arqueei as costas e apontei os dedos dos pés para o sul. Prazer que eu nunca havia sentido antes atingiu cada nervo do meu corpo. Suas lambidas brincalhonas e sua língua provocante eram como o botão "delete" de um computador, apagando cada lembrança da minha mente, de todas as outras mulheres com quem já estive.

Gemi o nome de Madison em agonia, levando-a a rastejar para cima de mim lentamente, como uma deusa de cabelo preto. As pontas rosadas de seus seios se arrastaram ao longo do meu peito... seu corpo nu macio e quente esfregando contra meus músculos tensos e abdômen duro.

Rapidamente peguei uma embalagem da mesa de cabeceira, apenas para tê-la puxado da minha mão pela minha pequena megera gostosa. Em pouco tempo, ela rasgou o papel alumínio e a camisinha rolou pelo meu pau inchado. Seus dedos experientes roçaram a pele, deixando-me ainda mais duro, fazendo-me desejá-la ainda mais. Um desejo que me atormentava desde o momento em que a conheci.

Os olhos de Madison eram de um azul sedutor, ela montou em mim e então guiou meu pau latejante entre suas coxas molhadas.

— Ai, Deus — gritei, sentindo a ponta da minha cabeça inchada empurrar para dentro dela. A carne tão quente e apertada que pensei que tinha morrido e ido para o céu.

Esguia e forte, ela se moveu para baixo em mim até que eu a enchi... até que fôssemos um. De novo. Ela encontrou cada um dos meus golpes com a mesma medida. Com os olhos semicerrados, as faces coradas, exalou bruscamente.

— Ah, é tão bom te sentir dentro de mim.

— Venha aqui.

Ela se inclinou para frente, cobrindo-me com seu cabelo longo e sedoso. Eu a encontrei no meio do caminho, segurei seu rosto em minhas mãos e puxei seus lábios carnudos para os meus. Inalando seu doce aroma de sexo suave, arrebatei sua boca com minha língua, saboreando seu sabor inebriante.

Com seus gritos enchendo o ar, Madison encontrou seu orgasmo e balançou violentamente, me montando forte e rápido. Suas paredes apertando em torno de mim, suportei sua pele apertada e latejante o máximo que pude até que ela tirou de mim até a última gota de puro êxtase.

Suado e quente, deitei lá com um grande sorriso no rosto. Não pude evitar. Nunca tinha experimentado um clímax como aquele antes ou tinha sentimentos tão fortes por uma mulher como agora tinha por Madison.

Deitada sobre mim, ela prendeu a respiração enquanto eu deslizava as mãos para baixo, passando pelos planos macios de suas costas até suas adoráveis nádegas. Dei a cada uma um aperto delicioso.

— Eu gosto de ser seu lanche noturno.

Uma risada sombria escapou dela quando ela rolou de cima de mim e deitou de lado.

TARA L. JAMES

— Alex, nunca vou esquecer esse tempo que tive com você. Você me ajudou a relaxar e a compreender melhor minha família e meus relacionamentos. Não posso agradecer o suficiente.

— Estou louco por você. — Merda. Eu não era assim. Nunca tinha me apaixonado por uma mulher tão rápido. Mas ela parecia tão definitiva em sua admissão. Eu não queria perdê-la. Virei de lado e prendi uma mecha solta de seu cabelo entre meus dedos. — Teremos muito outros bons momentos juntos. Não posso acreditar como tudo funcionou. Você estará morando em Hermosa, perto de mim, e trabalhando na mesma arena esportiva onde meu time joga e treina.

Madison ficou quieta. Muito quieta para o meu gosto.

— O que está errado? — perguntei, meu coração pulando uma batida.

— Nada. Estou ficando com sono de novo. — Ela deu um beijo gentil na minha bochecha, seus lábios demorando no local por mais alguns segundos antes de se afastar.

Eu pisquei. Isso com certeza parecia mais um beijo de despedida do que um doce boa-noite. Ignorando esse pensamento insano, saí da cama e me limpei no banheiro, sorrindo para toda a tralha feminina que se alinhava em um dos lados do balcão… maquiagem orgânica, hidratante orgânico… não havia nada de inorgânico em Madison. Ela era o verdadeiro negócio. Olhei para a bolsa de cosméticos dela também.

Sim, eu bisbilhotei. Foi descompactado e aberto. O que encontrei, porém, me fez desejar não ter dado uma espiada. Olhei duas vezes para ter certeza de que não havia me enganado. E, Cristo Todo-Poderoso, não me enganei.

Droga.

Sem dúvida, era definitivamente uma imagem de uma foto de ultrassom de um bebê em seus estágios iniciais. Já vi o suficiente olhando para imagens de minhas próprias sobrinhas e sobrinhos ainda não nascidos para saber.

Inferno, isso significaria… Madison estava grávida? Porra. Derek terminou com ela quando descobriu? É por isso que ela desistiu de namorar jogadores de hóquei? Olhei para o meu reflexo chocado no espelho e balancei a cabeça. Muitas perguntas para processar às três horas da manhã. Eu teria que descobrir uma maneira de abordar esse assunto com ela quando estivesse com mais de duas horas de sono. Ainda assim, se o Derek Babacão a abandonou por causa disso, então ele era um babaca muito maior do que eu pensava.

Quando voltei e rastejei de volta para debaixo das cobertas, Madison já estava dormindo. Ela ficou ali toda enrolada em uma bola com o cabelo espalhado sobre o travesseiro, parecendo um anjo celestial. Soltei um suspiro. Se ela estivesse grávida, isso não me incomodaria. Um bebê tem que ser amado, independente de quem seja o pai.

Puxei Madison em meus braços e inalei seu perfume sexy. Nunca pensei que pudesse me apaixonar por uma mulher em apenas quatro dias. Mas eu fiz. Queria um FPS com Madison.

Algumas horas depois, o telefone tocou sem parar, arrancando-me de um sono profundo. Era o nosso despertar matinal para tirar nossas bundas da cama e voltar para a estrada. Meio atordoado, esforcei-me para pegar o telefone apenas para desligar o filho da puta de volta, qualquer coisa para impedi-lo de tocar.

Se eu pudesse tirar mais um cochilinho. Madison tinha me desgastado, aquela safadinha. Mas não conseguíamos mais dormir. O gelo havia descongelado no final da tarde de ontem e o veículo de Pierre sofreu apenas alguns pequenos amassados no teto, então estava pronto para partir.

— Bebê — gemi —, está na hora.

O silêncio me cumprimentou.

— Bebê? — Estendi a mão atrás de mim para cutucar Madison apenas para encontrar o lugar ao meu lado na cama frio e vazio. Inclinei-me para a frente, acendi o abajur na mesa de cabeceira e olhei ao redor. Sua bagagem não estava à vista.

Inferno, ela não estava à vista.

Nem mesmo a marmota de pelúcia que comprei para ela.

Pulei da cama e corri para o banheiro.

— Madison?

Aquele cômodo estava livre de todas as suas tralhas femininas também. Que porra é essa? Fiquei ali, com a bunda pelada e arranhando a barba. Onde diabos ela foi?

Talvez ela estivesse no saguão, tomando café da manhã. Ela tinha que estar lá. Ela não teria… Nah, recusei-me a acreditar que ela teria me abandonado assim. Sem chance. Não depois de tudo o que compartilhamos ontem à noite.

Peguei meu celular e liguei para ela. Sem sorte. Foi para o correio de voz. Enviei a ela uma mensagem de texto rápida e entrei em contato com Pierre.

— Ei, ainda está no seu quarto?

— Ah, *oui*. Estamos indo para o saguão em alguns minutos. — Pierre com certeza parecia um homem satisfeito. Ele deveria ser mesmo. Ele e

TARA L. JAMES

Staci nunca mais saíram da suíte desde que fizemos o check-in.

— Staci ouviu notícias de Madison esta manhã? — Prendi a respiração, esperando que ela o fizesse.

— Ela está no banheiro. Vou ter que perguntar. Por quê? — Pierre perguntou. — Madison não está com você?

— Não. Ela não está aqui. E toda a bagagem dela se foi.

— Ela provavelmente está no saguão. Nos encontraremos lá em breve. — Pierre desligou.

Tomei banho rapidamente e me troquei. Cerca de vinte minutos depois, eu estava na sala de jantar com minha mochila pendurada no ombro, procurando por Madison. Ela também não estava lá. *Ah, merda.* Isso estava piorando a cada minuto. Fui pagar a conta na recepção apenas para ouvir do jovem balconista que ela já havia sido paga por Madison há menos de uma hora.

Por alguns segundos, eu fiquei lá, não querendo acreditar que ela tinha me largado.

— Você viu para onde ela foi depois?

— Sim, cara. Ela queria usar o Uber, mas, sendo uma cidade pequena, não temos isso aqui. Em vez disso, pedi um táxi para ela, que partiu para o aeroporto. — Ele abriu um largo sorriso. — Com certeza não dá para esquecer uma garota bonita como aquela.

Sem brincadeira.

Eu nunca poderia esquecer Madison.

Nem se eu tentasse.

Meu maldito coração não me deixaria.

Pierre e Staci logo se juntaram a mim no saguão. Eu disse a eles que Madison havia pegado um táxi para o aeroporto sem me avisar.

— Jesus, ela poderia pelo menos ter me mandado uma mensagem. — Minha raiva alimentava minha mágoa e ecoava alto e claro em minha voz.

Staci me lançou um olhar empático.

— Ela está farta de namorar jogadores de hóquei. Talvez seja melhor você simplesmente esquecê-la.

Todas as geleiras do mundo teriam que derreter antes que eu pudesse fazer isso.

— *Désolé, mon ami.* — Pierre deu um tapinha amigável no ombro. — Pronto para ir? Staci e eu temos que voltar. Vamos pegar um voo amanhã para o Havaí.

Que desgraçado sortudo.

Invejosa como o inferno, ajustei a alça da mochila pendurada no meu ombro e os segui para fora do SUV, desejando que fosse Madison e eu que estivéssemos indo embora. Como se isso fosse acontecer agora.

Depois que voltei para casa e me acomodei das férias, pensei em dar a Madison um ou dois dias a mais para retornar minhas ligações e mensagens de texto. Infelizmente, esse plano explodiu na porra da minha cara. Quase uma semana se passou e eu ainda não tinha ouvido falar dela. Até tinha parado em seu escritório na arena no início da semana após o treino. Mas me disseram que ela ficaria fora por alguns dias, para algum tipo de orientação.

Eu estava agora no plano B.

Precisava falar com Chance. O cara tinha dominado perseguir sua esposa até que ela concordasse em se casar com ele, então ninguém melhor do que ele para me dar alguns conselhos. Liguei para ele e me convidei para um drinque. Estava desesperado para contar a ele sobre essa atração instantânea insana que eu sentia por Madison. Nada daquilo fazia sentido para mim.

Era completamente ilógico.

Totalmente irracional.

Achei que talvez fazer sexo com ela acalmasse minha atração. De jeito nenhum. Isso só a tornara muito mais poderosa. E, no que diz respeito aos meus sentimentos por ela, eles nem se comparam. Estavam fora de série.

Peguei um pacote de seis cervejas na geladeira e, em poucos minutos, estava sentado na sala de estar de Chance com uma garrafa aberta na mão, contando a ele tudo sobre minha viagem e Madison.

— Jesus, a primeira vez que conheço uma garota de quem gosto muito e quem leva o fora sou eu. — Ainda não conseguia acreditar que Madison me abandonou do jeito que ela fez. Normalmente, era eu quem despejava as mulheres quando as coisas ficavam muito sérias. Eu.

Bebendo minha cerveja, inclinei-me para trás na cadeira, cruzei meu tornozelo sobre um joelho e encarei meu bom amigo Chance com um grande sorriso arrogante no rosto, sob uma sobrancelha divertida e presunçosa. Porra, zero pena de mim lá. Eu tinha certeza.

O cara era meu vizinho e bom amigo. Nós compartilhamos muito em comum... grandes egos, motos velozes e fodonas... ou, como sua esposa Aubrey chamava, brinquedos de duas rodas... o amor pelos esportes e uma cerveja saborosa. Um conhecido ex-jogador de futebol na Austrália, Chance tinha um futuro promissor, mas tudo parou quando ele sofreu uma lesão no joelho aos 24 anos.

Pobre desgraçado.

Eu não sabia o que teria feito se não pudesse jogar hóquei naquela idade. Provavelmente teria matado meu fígado por me afogar em muita bebida. Pelo menos uma carreira de modelo local de futebol salvou sua bunda. Conhecido por seu sorriso arrogante, Chance vendeu e continuou a vender milhões de pôsteres de si mesmo para legiões de mulheres na Austrália.

Ele também era um bom artista. Quem diria que você poderia fazer arte com lixo, mas ele definitivamente poderia. Eu tinha comprado algumas peças dele e as coloquei expostas na minha sala.

E também não prejudicou Chance o fato de encontrar uma bela esposa, montar um negócio paisagístico de sucesso e ter um filho.

Nesse momento, Aubrey entrou, segurando Chance Jr. pela mão. Ele era a imagem cuspida de seu velho com uma cabeça cheia de cabelo castanho-acobreado e olhos cinza-azulados. Juro, quando aquele menino crescesse, ele não teria nenhum problema em atrair garotas. Ele era um Adônis em formação, de acordo com seu pai. Graças a Deus Junior tinha uma mãe forte que manteria o ego do filho sob controle.

Deixei escapar uma risada baixa com esse último pensamento e olhei para o pai australiano de Junior, que engolia um gole de cerveja, o tempo todo ainda erguendo sua sobrancelha arrogante. Inferno, havia momentos em que Aubrey mal conseguia conter o ego de seu próprio marido.

— Alguém quer dizer boa-noite para você. — A voz de Aubrey me tirou dos meus pensamentos.

Chance abriu os braços, esperando dar um grande abraço no filho. Em vez disso, o pequenino correu para mim, gritando de alegria:

— Ax, Ax.

— Parece que ele está alertando o povo da aldeia para receber o monstro amigável. — Chance e eu achamos hilário e compartilhamos uma risada, enquanto eu jogava Junior no ar, então o agarrei algumas vezes, a sala se enchendo com suas risadas estridentes.

Aubrey, no entanto, não achou graça. Na verdade, ela parecia chateada e tirou seu filho gritando dos meus braços.

— Muito obrigado, *Ax*. — Ela negou com a cabeça para mim com uma grande carranca franzida entre seus olhos verdes. — Não sei como vou fazer esse garoto dormir agora. Você o deixou todo agitado. Logo antes de dormir. Você deveria ser proibido de entrar na casa de qualquer pessoa com crianças pequenas depois das sete horas.

— Engraçado. Minhas cunhadas me disseram a mesma coisa. Mas, porque eu sou muito fofo e legal, elas me toleram.

— Fofo, de jeito nenhum, porra. — Chance levantou-se e deu um beijo em seu filho antes de retornar ao seu lugar. — Legal, talvez.

— Poa, poa — saiu da boca inocente do bebê.

— Não, coração. Não devemos dizer essa palavra. — Aubrey olhou com adoração para o filho se contorcendo em seus braços e depois para o marido. — Papai está sendo mau.

— Desculpe, Aubrey. Eu esqueci.

Nos dias de solteiro de Chance, aquele sotaque australiano deve tê-lo levado a mais do que algumas camas femininas. Definitivamente funcionou com sua esposa. Ela lançou-lhe um sorriso de perdão.

— Vou deixar vocês dois sozinhos. Tenho que tentar levar meu filho para a cama. — Ela saiu da sala, seu cabelo ruivo comprido e ondulado caindo até a metade dos ombros. Era um pouco mais curto do que… Não. Recusei-me a pensar no longo cabelo preto de Madison.

Ou seus seios de dar água na boca.

Ou na bunda bonita.

Ou na maneira como ela me chupava como se eu fosse um pirulito. Levou toda a minha força e autocontrole para garantir que ela não chegasse ao centro cremoso e branco em três lambidas quentes.

Ah, foda-se.

Eu queria ter com Madison o que Chance e Aubrey tinham. Antes que eu pudesse soltar um gemido de inveja, cerrei os dentes. Então terminei minha quinta cerveja em dois goles. Tinha tomado quatro antes de vir para os Bateman.

— Já terminou de se afogar em autopiedade?

— Não. — Mostrei meus dentes branco para Chance, negando com a cabeça. — Vai levar muito mais cervejas. — Fazia menos de cinco dias desde que Pierre, Staci e eu deixamos aquele hotel miserável naquela pequena cidade no meio do nada. E eu não conseguia tirar aquela maldita mulher linda da minha mente.

Pensamentos sobre ela me provocavam de manhã e ao meio-dia, e à noite... aquelas visões que tive dela me enviavam direto para um banho gelado. Eu ficava lá até minhas bolas ficarem azuis.

Não que isso me fizesse muito bem.

Encontrei-me lá embaixo daquela água gelada, todas as noites, ainda frustrado como sempre. Coloquei a garrafa de cerveja para baixo e afundei mais na cadeira, sem saber o que diabos eu faria sobre Madison.

— Olha, cara, sei que você está passando por um inferno. Passei por isso com Aubrey. Já tentou entrar em contato com ela?

— Foda-se, sim. Várias vezes. — Deixei escapar um suspiro frustrado. — Ela não retorna minhas ligações, nem responde as minhas mensagens de texto. Ela teve um relacionamento com um dos meus companheiros de equipe, Derek Harrison. Aparentemente, a separação deles foi ruim. Os tablóides tiveram um dia cheio com isso. E agora ela acha que todos os jogadores de hóquei são como aquele idiota, apenas canalhas egoístas. É por isso que ela não me dá uma chance. Independentemente daquelas duas noites incríveis que passamos juntos.

— Puts, com sua reputação, não é de se admirar que ela tenha fugido de você.

— Me largou, para ser mais exato. — Chateado e magoado, girei minha cerveja na mão quando me dei conta de que ela poderia não estar me ligando de volta porque temia que, uma vez que eu descobrisse que ela estava grávida do filho de outro homem, ou seja, do idiota, não gostaria de estar com dela. Se fosse esse o caso, eu teria que esclarecer as coisas. E rápido.

O bode miotônico chamado Esmeralda Snowflake, ou Pixy, para abreviar, entrou na sala. Não demorou muito para que estivesse enrolado aos meus pés, tirando uma soneca e fazendo ruídos suaves de miados.

— Jesus. O que há com você, meu filho e o bode? Sempre que você está por perto, eu sou um nada.

— Me chame de Encantador de *Crianças*. — Eu não era apenas o tio favorito de meus sobrinhos e sobrinhas, mas também o de Pixy e Junior.

— Sim, bem, você é um péssimo perseguidor — Chance resmungou, soando como se estivesse com ciúmes de mim com Pixy cochilando aos meus pés.

— É por isso que vim ao Mestre de Todos os Perseguidores para algumas dicas. Mas, honestamente, não sei se poderia fazer o que você fez para reconquistar Aubrey. Estou surpreso que ela não tenha te esbofeteado com a porra de uma ordem de restrição.

— Estou te dizendo, cara, o amor faz você cometer loucuras. No fundo, ela sabia que eu não estava lá para machucá-la. Que eu estava loucamente apaixonado por ela. Foi meu charme e persistência sem fim que a conquistaram. Se você realmente se importa com essa mulher, então crie coragem. Vá atrás dela.

Cristo. Ele estava certo. Eu tinha que parar de chafurdar na autopiedade. Sair de dentro da toca. Ir atrás dela e torná-la minha.

— Finalmente derrubei CJ. — Aubrey voltou, carregando uma tigela cheia de batatas fritas. — Antes de ir para a cama, pensei que vocês, meninos, gostariam de comer alguma coisa. — Ela colocou a tigela na mesa à nossa frente como se fosse uma oferta de paz por ter nos atacado antes.

Chance franziu a testa para as batatas.

— Onde está o doce?

Ele tinha uma coisa com doce. Fiquei surpreso que ele ainda tivesse todos os dentes ou que eles ainda fossem todos brancos e brilhantes.

— Vou te dar um pouco mais tarde — ela brincou.

Os olhos de Chance se estreitaram. Seu rosto se fechou.

Claro, ela não estava falando de Fini, os tipos de doces favoritos do homem. Pelo menos alguém teria sorte esta noite. Obviamente, não seria eu.

— Estou de partida. Aproveite suas cervejas e lanches. Boa noite. — Aubrey sorriu para Chance.

— Boa noite, coração. — Chance enfiou uma batata frita na boca, parecendo desejar que fosse Fini, enquanto sua esposa desaparecia no corredor.

Não fiquei muito mais tempo depois que Aubrey nos deixou. Suspeitei que ela estivesse em seu quarto, esperando para dar alguns *doces* ao marido.

Assim que cheguei em casa, troquei de roupa e me arrastei para minha solitária cama king size, recebi uma mensagem de texto. Peguei meu telefone na mesinha de cabeceira mais rápido do que poderia bater em um disco e olhei para o identificador de chamadas. Não era de nenhuma outra mulher, além de Madison Clark. Reli sua mensagem fria três malditas vezes.

Alex, peço desculpas por deixá-lo do jeito que fiz. Mas eu não via sentido em continuar nosso caso ou voltarmos juntos sob um falso pretexto de minha parte. Portanto, desejo-lhe felicidades e, quando nos encontrarmos na arena, espero que seja cordial e amigável comigo. Desejo-lhe tudo de bom, M.

Ah, eu seria amigável com ela. E, com esse pensamento, adormeci e só acordei na manhã seguinte.

Assim que me levantei, tomei banho e me troquei, me preparando para ir para a arena... com toda a intenção de fazer uma visita a Madison antes do treino.

No caminho para lá, planejei em minha mente como iria abordá-la. Estava determinado a reconquistá-la e acabar com seus medos de eu ser apenas mais um atleta de hóquei que adorava uma tacada, não dando a mínima para onde seus discos voavam. Engravidar uma mulher e depois largá-la nunca foi, nem nunca seria, meu estilo.

Ansioso para lançar o Plano C, logo entrei no estacionamento VIP, parei minha Harley e fui para a arena por uma entrada reservada apenas para funcionários e membros da equipe.

Antes de me vestir para o treino e me encontrar com o médico, fiz um desvio em uma esquina e fui direto para os escritórios administrativos. Minhas palmas começaram a suar. Meu pulso acelerou quando me aproximei da área. Jesus, eu estava tão nervoso quanto no início de um grande jogo importante. Continuei andando até encontrar uma placa de latão brilhante pendurada na parede com o nome e o título de Madison irradiando dela.

Parado do lado de fora de sua porta aberta, soltei um suspiro e lentamente espiei pela esquina e olhei para dentro da sala da própria senhora Diretora de Programa. Tudo bem. Ela finalmente voltou da orientação. E parecia linda pra caralho, sentada atrás de uma mesa recém-polida na frente de seu computador, digitando no teclado com seus dedos longos e delicados.

Imagens daqueles dedos tocando em mim de repente piscaram diante dos meus olhos, como uma grande luz de néon. Tive que piscar rapidamente para afastar aquelas visões ou estaria lá com uma ereção completa. Não é legal quando você está tentando reconquistar alguém.

Com o cabelo trançado em um rabo de cavalo, ela usava uma blusa branca de manga comprida com decote em V, destacando seus seios deliciosos e... pele bronzeada? Fazia apenas cinco dias que ela voltara e já estava bronzeada? Eu nem queria pensar nela na praia com outro cara.

Jesus, eu estava tão viciado em Madison. Juro, aquela mulher era como uma garrafa cara de uísque, um gole e eu não conseguiria mais parar.

Nervoso pra caramba, repeti mentalmente a mesma conversa estimulante que sempre me dava no início de cada jogo... mas este discurso teve algumas modificações importantes. *Não seja um fracote. Você consegue, amigo.*

Agora ponha sua bunda lá dentro e use seu charme. Quando estava prestes a entrar em seu escritório, ouvi "Kane" vindo do corredor.

Madison levantou seu olhar assustado e encontrou o meu.

Droga. Nada como ser pego espionando alguém com a cabeça enfiada no escritório. Tive que pensar rapidamente e entrei em suas novas instalações.

— Olá, vim lhe dar as boas-vindas. — Eu estava mentindo descaradamente. Queria perguntar por que ela fugiu daquele jeito e me deixou sozinho naquela maldita suíte de hotel. Mas eu tinha que começar as coisas de forma *amigável e cordial.*

Por trás de seu olhar gélido, Madison me encarou como se soubesse o que realmente estava em minha mente, mas disse em vez disso:

— O que você está fazendo aqui?

— Pensei que poderíamos nos encontrar para uma bebida mais tarde. E ver como você está se adaptando ao seu novo emprego.

— Alex, eu...

— Bronzeado legal. Já se deparou com o idiota?

— Não.

Claro que não. Eu tinha esquecido que ele ainda não havia voltado das férias. Ainda assim...

— O que você vai fazer quando se deparar com ele?

— Não pensei sobre isso.

— Mentirosa. Você provavelmente vai enfiar o taco de hóquei na bunda dele.

Isso tirou um pequeno sorriso daqueles doces lábios carnudos.

— Kane — ecoou pelas paredes do corredor atrás de mim novamente.

— Merda. É o meu treinador me chamando. Ele se torna um velho touro cruel quando fica esperando. Passarei quando terminar o treino para conversarmos mais. Eu realmente preciso ir antes que ele comece a parir uma... vaquinha. — Deixei escapar uma risada.

— Você acha isso engraçado? — Ela ergueu uma sobrancelha.

— É, quando você pensa nele transando com uma vaca leiteira após a outra.

Ela não esboçou um sorriso.

— Ah, vamos. Você tem que admitir que foi muito engraçado, considerando aquele filme que assistimos juntos.

Seus lábios cederam e se curvaram para cima, seus olhos se aquecendo quando ela os varreu sobre mim. *Olhe o quanto quiser, querida. Eu sou todo seu.*

— Então, te vejo depois do trabalho.

— Não posso prometer que estarei aqui. — Seu tom suavizou. — Eu deveria jantar com meu novo chefe.

— Ainda vou passar por aqui mais tarde, apenas no caso de você não ir jantar. — Antes que ela pudesse dizer não ou me dar outra desculpa, corri satisfeito com o progresso que fiz até agora. Consegui um sorriso de Madison. Isso tinha que contar para pelo menos dois pontos, certo?

Depois de conversar com meu treinador, corri para um vestiário vazio para me trocar. Meus companheiros de equipe já estavam no gelo. Passada uma longa temporada, muitos, porém, ainda estavam de férias, como Pierre e o idiota. E, assim como Madison, eu não estava com vontade de esbarrar com ele. Pelo menos ainda não, de qualquer maneira.

Nosso treino foi leve. Nós relaxamos patinando para frente e para trás entre as linhas azuis. Depois, nos revezamos para chutar ao gol. Meu disco entrou todas as vezes. Eu com certeza poderia usar o mesmo tipo de sorte mais tarde, quando me encontrasse com Madison.

Depois de duas horas de exercícios fáceis, era o momento de encerrar o dia. Assim que terminei o banho, enrolei a toalha na cintura e fui falar com o médico da equipe. Conhecendo a rotina, já havia feito isso muitas vezes antes, sentei em cima da mesa de exame.

Atrás de óculos de armação de arame, o médico entrou e olhou por cima dos meus joelhos, fez algumas perguntas e saiu. Fui direto ao responder a todos eles, exceto um. Em uma escala de um a dez, quão forte era a dor em meus joelhos, um sendo um ótimo, e dez, como ter seu coração arrancado de seu peito. Eu disse a ele que era um quatro quando na verdade parecia mais um cinco… tudo bem, um seis e meio. Não tinha a porra da ideia de como iria acompanhar os novos recrutas de dezoito anos chegando a bordo nesta próxima temporada.

O médico me deu uma injeção de cortisona e um relaxante muscular pela enésima vez, seguido por uma hora de fisioterapia e um mergulho em uma banheira de hidromassagem. Como um bom paciente, segui suas ordens. Com minha pele agora parecendo uma ameixa murcha, saí da banheira, me sequei e vesti minhas roupas novamente. Se eu me apressasse, poderia pegar Madison e levá-la para beber.

Claro que cheguei tarde pra caralho.

Assim que saí do vestiário e corri pelo corredor, a vi saindo da arena com o vice-presidente de Programas. Soltei mais alguns palavrões como se fossem pedaços de papel higiênico. Aquele cara era terrível quando se tratava de funcionárias. Eu esperava que Derek a tivesse avisado antes sobre ele. Supostamente, ele era todo profissional… com as mãos e o pau.

Bem, Alex Kane não marcou nenhum ponto hoje com a senhorita Patins de Prata. Errei o gol por um chute longo. Disse a mim mesma que veria a apresentação de Madison amanhã e saí da arena.

Ah, inferno, quando foi que eu me afastei de um desafio?

Corri para a minha Harley, com dor e tudo, subi e fui atrás dela.

MADISON

Concentre-se, eu disse a mim mesma, *e continue balançando a cabeça e sorrindo.* Ai, Deus, minhas bochechas doíam tanto de tanto sorrir. Quando essa refeição terminaria? Quando meu novo chefe, Victor Sanchez, um homem bonito vinte anos mais velho que eu, calaria a boca? Ele era tão chato.

Definitivamente não era Alex Kane.

Longe disso.

O homem continuou falando e se gabando de si mesmo. Para onde viajou. Sua grande casa. O número de carros que possuía. Até tentou me impressionar pedindo a garrafa de vinho mais cara do cardápio. Nada do que ele estava dizendo ou fazendo tinha qualquer relação com meu trabalho ou com o que se esperava de mim. Ele também não havia mencionado nada sobre sua família.

Nada.

Nenhuma palavra.

E ele definitivamente tinha uma. Eu tinha visto uma foto deles em cima do aparador atrás de sua mesa em seu escritório. Todos pareciam felizes juntos naquela foto, com grandes sorrisos nos rostos. Lembrei-me de ter inveja de sua esposa na época. Mas agora eu só sentia pena dela e de seus quatro filhos. Seu marido não passava de uma bola suja e nojenta. Ah, sim, eu estava bem ciente de suas verdadeiras intenções.

Enojada por isso, tomei um gole de água e rapidamente olhei ao redor do restaurante mal iluminado, desesperada para encontrar a saída mais próxima e fugir correndo da mesa ou pelo menos pensar em uma desculpa para ir embora, qualquer coisa para me livrar desse lobo predador.

Mas que... meu olhar chocado encontrou o de Alex. Sob um poste de luz brilhante, ele ficou do lado de fora na rua, olhando para mim através da janela. Essa foi a segunda vez em um dia que o peguei me espionando. Eu odiava admitir, mas fiquei emocionado ao vê-lo em ambos os casos, apesar da minha determinação de ficar longe dele.

— Então, Madison, estou planejando uma viagem para Napa Valley. Quero que você vá...

A palavra "vá" chamou minha atenção. Sim. Eu queria ir. Agora. Para longe dele. Olhei de volta para a janela, mas Alex havia sumido. De alguma forma, isso fez meu coração afundar e caí para trás em meu assento.

— Sinto muito, você disse que estava pronto para ir?

Ele soltou uma risada baixa.

— Não. Eu estava perguntando se você gostaria de vir comigo para Napa Valley?

— Estou confusa. — Na verdade, não estava. Só queria dar a ele uma chance de esclarecer suas intenções antes de bater em sua cabeça com uma queixa de assédio sexual. — O que Napa Valley tem a ver com patinação no gelo?

— Madison? Madison Clark, é você mesmo? — veio uma profunda voz masculina atrás de mim.

Reconheci imediatamente. Alex! Eu não sabia se deveria beijá-lo ou abraçá-lo, o observando se sentar ao meu lado.

— Pensei que era mesmo você. Como está? Ouvi dizer que você conseguiu um emprego na arena. Quando chegou na cidade? — Alex pegou um palito de pão de uma cesta e deu uma mordida, seu olhar nunca deixando meu rosto.

— Desculpe-me, Kane — Victor disse abruptamente —, mas estamos no meio de uma importante conversa de negócios aqui.

— Ah, sério? O que Napa Valley tem a ver com patinação?

Exatamente o que pensei, e tossi para esconder uma risadinha fazendo cócegas na minha garganta.

Antes que meu chefe irritado pudesse responder, Alex continuou:

— Parece que vocês dois terminaram suas refeições. Vamos, Madison, me deixe lhe mostrar os arredores. Boa noite, Sanchez. — Ele se ergueu em toda a sua altura e me ajudou a levantar da cadeira.

— O que você está fazendo? Victor, me desculpe. Eu...

Alex colocou a mão no meio das minhas costas e me tirou de lá, deixando meu chefe sozinho na mesa, com o rosto vermelho e furioso. Uma vez do lado de fora, afastei-me e empurrei Alex, embora estivesse secretamente emocionada por estar longe daquele homem nojento.

— Você está maluco? Sanchez pode quebrar meu contrato. Eu realmente não posso me dar ao luxo de perder este emprego agora, por mais que não queira trabalhar aqui. Como você pode...

TARA L. JAMES

— Relaxa. Você não vai perder seu emprego. Meu estrelato financia seu contracheque. Na verdade, toda a maldita arena. Eles deveriam colocar o meu nome nela. — Alex abriu um sorriso, exibindo seus dentes brancos brilhantes contra um rosto bronzeado. — Então, se você pensar bem, eu sou realmente o chefe dele.

— Ainda não consigo acreditar que você me tirou de lá daquele jeito. Eu estava tendo uma reunião de negócios.

— Talvez você estivesse, mas ele estava tentando tirar sua calcinha.

— Os homens tentam tirar minha calcinha desde que eu tinha dezesseis anos. Suas artimanhas não são novidade para mim.

— Então você ia deixar?

— Deixar o quê?

— Tirar sua calcinha. — Um flash de ciúme cintilou em seus olhos azuis escuros.

— Absolutamente não.

— Você me deixou tirar a sua — Alex disse em voz baixa e rouca.

Não dava para negar isso, mas ainda assim...

— Não estamos falando de você. E-eu...

— Pelo que me lembro, você a ofereceu de bom grado para mim.

Alex estava absolutamente cem por cento certo. Era tão difícil resistir a ele naquele momento, assim como agora... todos aqueles músculos fortes e tensos envoltos em uma pele lisa e levemente bronzeada... suas coxas poderosas, sem mencionar o que havia entre elas.

— Podemos, por favor, parar de falar sobre minha calcinha. — *Antes que eu perca minha cabeça cheia de memórias dele deitado nu na cama ao meu lado... atrás de mim... em cima de mim... embaixo de mim.* — O que você está fazendo aqui, afinal? Estava me seguindo?

— N-não. Claro que não.

Lancei-lhe um olhar duvidoso. De alguma forma, não acreditei nele.

Alex rapidamente se mexeu, como se estivesse tentando inventar uma desculpa.

— Um dos meus pontos de encontro é na aqui rua. Vi você pela janela e parecia que tinha cheirado o peido de alguém e estava prestes a morrer. Sanchez é o maior papo furado.

— Isso é uma coisa terrível de se dizer. — Uma risada calorosa me escapou, no entanto. Eu não queria rir, mas Alex estava muito certo sobre meu chefe.

— O que você acha de irmos dar uma volta na minha moto? — Ofereceu-me um sorriso que me tirou o fôlego e deixou minha cabeça vazia de todo e qualquer pensamento racional.

— Amo moto — soltei. — Você tem um capacete extra?

— Sim. — Ele me levou até sua Harley estacionada a cerca de um quarteirão do restaurante. — Por que você gosta tanto de moto? Você tem uma?

— Meu pai tem. Quando eu era jovem, ele me levava para longos passeios em nossa propriedade.

— Propriedade? Do que estamos falando aqui, dez acres?

Neguei com a cabeça.

— Está mais para um pomar de maçã de cem acres.

— Em Michigan?

— Sim. — Assenti. — Nos arredores de Traverse City. Algumas das minhas melhores lembranças de criança são ir lá com meus pais para passar meus verões até… — Minha voz falhou. Eu não queria refletir sobre aqueles momentos felizes da minha vida. Eles eram muito poucos e distantes entre si.

— Até o quê? — Alex exigiu com grande interesse.

— Deixa para lá. Não é nada.

— Ah, vamos. Não me deixe esperando.

Claro, ele gostaria de saber. Eu nunca tinha conhecido ninguém antes que se interessasse tanto por mim como Alex.

— Madison. — Sua voz ficou impaciente.

— Ok. Ok. Vou te dizer. Os negócios dos meus pais começaram a decolar naquela época. Comecei a vê-los cada vez menos. Simplesmente não era mais divertido ir até lá sem eles.

— Se você não foi com sua mãe e seu pai, então quem te levou?

— Eles contrataram uma babá. Mal sabiam meus pais, mas ela cuidou muito melhor do zelador do que de mim.

— Quantos anos você tinha quando tudo isso aconteceu?

— Oito. Acho.

— Deve ter sido difícil crescer como filha única.

— Sim — admiti suavemente. — Às vezes eu me sentia um grande inconveniente para meus pais.

Alex me parou no meio do caminho.

— Que vergonha terem te negligenciado. Eles têm sorte de ter você como filha.

Um fio de calor grande e doce me envolveu. Quando Alex dizia coisas assim para mim, ficava muito mais difícil manter distância. Com um sorriso sincero no rosto, retomei a caminhada ao lado dele na calçada.

— Seu pai ainda é dono da terra?

— Sim. Ainda é um pomar de maçãs de muito sucesso. Faz anos que não volto lá.

— Tenho uma casa no Lago Michigan em Traverse City. Dificilmente consigo usá-la, mas minha família com certeza usa.

— Parece que você teria que fazer uma reserva para ficar em sua própria casa.

Alex riu e então ficou sério.

— Gostaria de voltar lá?

— Eu… espere. — Parei no meio do caminho, recuperando todo o senso de pensamento racional. O que eu estava fazendo? Deixei Alex naquele hotel para evitar desenvolver qualquer ligação séria com outro jogador de hóquei e agora me encontrei de volta onde comecei. — Sabe, está ficando tarde. Talvez devêssemos encerrar a noite.

— Ou talvez você devesse subir na minha moto — sugeriu, parado na minha frente. —E fazer a viagem de sua vida.

— Você já me deu a viagem da minha vida. — Visões eróticas imediatamente dançaram diante dos meus olhos, de nós nus naquela cama vibratória juntos. Pisquei algumas vezes para apagá-las antes de perder todo o autocontrole e me jogar em seus braços.

— Você é tão adorável. — Ele tentou me alcançar, mas dei um passo para trás.

— O que você está realmente fazendo aqui, Alex? Achei que minha mensagem de texto explicasse tudo.

— Não explicava nada. — Seu tom endureceu. — Gostaria de saber por que uma mulher me abandonaria depois que passei as duas melhores noites da minha vida com ela.

— Foram duas noites incríveis — admiti baixinho, mais para mim mesma do que para ele, e mordi o lábio. Eu não podia acreditar que realmente disse isso em voz alta.

— Pensei que tinham sido mesmo. — Ele deu um passo em minha direção, perto o suficiente para que eu pudesse inalar seu cheiro do ar da Califórnia e da colônia picante. — Dê uma volta comigo, Madison.

— Tudo bem. — Gemi, em resignação silenciosa. — Irei com você.

Um sorriso triunfante deslizou pelo rosto de Alex.

Aborrecimento explodiu dentro de mim.

Droga. Por que ele sempre tinha que dificultar minhas negativas a ele? Minhas táticas rotineiras de ser uma vaca para afastá-lo de mim não estavam funcionando. E agora minha determinação de resistir a ele estava espalhada por toda a calçada como um balão de água que foi jogado do telhado de um prédio alto.

Furiosa comigo mesma por perder o controle, recuperei um pouco e acrescentei apressadamente:

— Mas teremos que fazer isso rápido. Preciso chegar em casa. Tenho muito trabalho me esperando.

Alex tirou a jaqueta de couro e me deu.

— Caso você fique com frio.

Ainda vestindo o que eu tinha usado no trabalho o dia todo, apenas um par de calças e um top branco, coloquei a jaqueta, o calor persistente de seu corpo me aquecendo instantaneamente. De repente, me vi querendo ser aquecida pelo próprio homem e retomei a caminhada até chegarmos à sua moto estacionada.

Alex tirou dois capacetes de um alforje e me entregou um. Depois que cada um de nós os colocou, ele pulou primeiro na grande Harley e ligou. O motor acelerou como um leão rugindo, mas logo ronronou como um gatinho satisfeito, assim como ele tinha feito comigo na cama.

Como uma amante de moto clubes, rapidamente passei a perna por cima da traseira da moto e me acomodei no meu assento. Um tanto hesitante, passei os braços em volta da cintura estreita de Alex. A sensação de seu peito duro pressionado contra meus seios… o cheiro profundo de sua colônia… aquilo me deu uma adrenalina tão estonteante que tive que segurá-lo com mais força antes de cair de costas na rua.

Logo decolamos e viajamos pela estrada com o vento frio da noite batendo em nossos rostos. Apesar de todas as minhas apreensões sobre me envolver com Alex, senti-me segura andando com ele… em seu brinquedo masculino cravejado de cromo vibrando entre minhas pernas.

O que diabos havia de errado comigo?

Primeiro uma cama vibratória e agora isso. Eu não queria pensar no que poderia vir a seguir, porque não deveria haver nada a seguir.

Devemos ter rodado vários quilômetros pela estrada antes de virarmos e nos dirigirmos para a costa. O litoral apareceu do nada. Sob um céu iluminado

TARA L. JAMES

pela lua, eu podia ver vislumbres de ondas com cristas brancas ao longe.

Alex reduziu a marcha e nós nos inclinamos para a esquerda, e fizemos uma curva fechada em um estacionamento, indo devagar até um local chamado Joey's, localizado na praia. Ele parou a Harley e tirou o capacete.

Tirei o meu também e pulei da moto, desesperada para ignorar o zumbido entre minhas coxas, tudo por causa de Alex e seu corpo musculoso.

— O que você está fazendo aqui? Achei que daríamos apenas uma volta rápida.

— Tome uma bebida comigo. Então prometo que vou te levar de volta para o seu carro.

— Ok. Uma bebida. — Eu não estava tão chateada com ele. Só precisava manter alguma aparência de controle.

Capacetes na mão, nós os carregamos conosco para o bar ao ar livre. Sob uma espécie de telhado de palha, cada um de nós se sentou em uma mesa alta. A banda estava fazendo uma pausa e o lugar não estava tão lotado. Gostei da sensação do local, com as máscaras polinésias e os souvenires de surfistas pendurados nas paredes. Embora Joey's estivesse situado em uma propriedade de primeira linha que valia milhões de dólares, tinha um charme irresistível de algo de dois dólares, assim como Alex.

— Você vem aqui frequentemente?

— Principalmente fora da temporada. — Alex sinalizou para uma garçonete e rapidamente pediu dois Miller Lites. — Costumo vir aqui com meus amigos depois de um dia inteiro de surf.

— Nunca surfei antes.

— Você adoraria. Posso te levar se quiser tentar.

— Eu ficaria com muito medo de ser comida por um tubarão.

— Desde quando você teme alguma coisa? Eu vi como você foi corajosa no teleférico, apesar do seu medo de altura.

— Bem, foi legal ter alguém como você para me ajudar com minha fobia.

— Eu ajudaria você com qualquer coisa, Madison. — Sua voz ressoou com sinceridade genuína. — Quero que saiba disso.

— Por que você faria isso depois do jeito que te tratei?

— Porque eu não acho que você quis fazer aquilo. Acho que, no quesito relacionamento, você tem medo... medo de se machucar de novo, seja com outro jogador de hóquei ou não.

— Você não sabe o que está passando pela minha cabeça — insisti, soando um tanto indignada. — Você não sabe como me sinto.

— Eu acho que sei. Você foi ferida por todos com quem realmente se importava. Me dê uma chance. Me deixe te provar que não sou um idiota.

Lancei-lhe um olhar altamente cético, mas tive que lhe dar o benefício da dúvida.

— E como você faria para provar isso?

— Que tal primeiro ser seu amigo?

Quase caí do banquinho. O homem estava falando sério.

— Só para você saber, se eu aceitar sua oferta, sexo está fora de questão.

— Quem falou em sexo?

— Ah, bem, hm, eu só queria que você soubesse disso de antemão.

— Caso você mude de ideia, eu não diria não.

— Claro que não. Mas tenho certeza de que você conseguirá tudo o que precisa de alguma outra *parceira disposta*. Deus sabe que você tem legiões de mulheres para escolher.

A garçonete chegou com nossas bebidas, interrompendo o auge da nossa conversa. Alex rapidamente pagou a conta com dinheiro. Nossa adorável garçonete lhe deu um grande e sexy sorriso antes de pegar o dinheiro e sair, provando meu caso.

Depois que Alex tomou um longo gole de cerveja, ele deliberadamente olhou nos meus olhos e continuou de onde paramos:

— Primeiro, eu não tenho outra mulher. Sou celibatário desde dezembro. Isso até você aparecer.

— Tenho certeza de que está recuperando o tempo perdido desde então.

Alex negou com a cabeça.

— Não, querida. Não estive com mais ninguém desde que você me deixou naquele maldito quarto de hotel. E pretendo continuar assim até que você finalmente coloque nessa sua cabeça adorável que é a única mulher com quem eu quero estar. Ninguém mais. Só você.

— Até que você fique entediado comigo ou encontre outra mulher para aquecer seus pés.

— Não vai acontecer, querida.

— Vou ter que esperar para ver.

Meu ceticismo não passou despercebido por Alex, pois ele respondeu rapidamente:

— Acho que sim, já que você não acredita em mim. Temos um acordo então?

TARA L. JAMES

O que eu tinha a perder? Absolutamente nada.

— Tudo bem, senhor Diabo Presunçoso, eu aceito sua oferta. Você tem até o resto da baixa temporada para me provar que sou a única mulher com quem você quer estar. — Eu daria a Alex duas semanas... não, três, no máximo, antes que ele desistisse de mim e fosse embora.

— Estou dentro, coração. — Abriu um sorriso cheio de confiança e bateu sua garrafa contra a minha.

Em silêncio, nós dois tomamos nossas cervejas, ouvindo o barulho das ondas, minha mente martelando com pensamentos sobre nosso acordo. Ah, sim, sem dúvidas. Em menos de três semanas, Alex estaria fora da minha vida para sempre.

O homem terminou sua bebida.

— Gostaria de outra?

— Não. — Balancei a cabeça. — Obrigada mesmo assim.

— Então é melhor eu levá-la de volta para o seu carro e começar a te provar o quão sério estou falando sobre nosso acordo... sobre você.

Ah, sim, certo. Em três semanas, o jogo estaria terminado e meu argumento seria provado de que eu estava certa sobre ele o tempo todo.

A viagem de volta para a arena pareceu muito mais curta do que a do restaurante para a praia, surpreendentemente para minha decepção. Eu não queria que acabasse. Alex estacionou a moto ao lado do meu carro e desceu depois de mim. Relutante, devolvi sua jaqueta e capacete e falei, antes que pudesse impedir que as palavras saíssem de minha boca:

— Eu me diverti esta noite.

— Eu também. — Alex tirou o capacete, inclinou-se e roçou os lábios nos meus com ternura.

Com os olhos semicerrados, senti o calor subir pelo meu corpo, aquecendo minha pele em um vermelho-carmesim apaixonado.

— Alex...

Respirando pesadamente, ele não parou. Ele penetrou minha boca com sua língua e circulou ao redor da minha, primeiro devagar, depois longo, forte e rápido. Nem me deixou recuperar o fôlego. Minhas pernas vacilaram. Mal conseguia ficar de pé.

— Alex. — Ofeguei. — Amigos não se beijam assim.

— Eu beijo — respondeu, em um rosnado baixo e faminto. Ignorando meus fracos protestos, ele me puxou para seus braços e me encostou na lateral do meu carro. Continuou a me atormentar com beijos e carícias suaves. Uma onda repentina de sensações passou por mim, da cabeça até o último dedo do pé.

Com seu corpo excitado pressionado contra o meu, envolvi os braços em sua cintura estreita e estremeci, me arrependendo agora de ter insistido em não fazer sexo com ele.

Inesperadamente, ele cobriu minha orelha com a boca, deixando-me desesperada por mais.

— Vou te ver de novo em breve — sussurrou. — Boa noite, Madison.

E com isso, ele abriu a porta do carro e a fechou depois que sentei ao volante, ofegando e enchendo meus pulmões de ar. Minha mente girava em um frenesi vertiginoso. Alex subiu em sua moto e me seguiu para fora do estacionamento. Tive que botar o ar-condicionado bem forte para me refrescar depois daquele beijo incrível.

Na viagem de volta para minha casa recém-alugada, ajustei o espelho retrovisor quando meu celular tocou. Olhei para o console e fiz uma careta. Era Staci me ligando. Hesitei em responder. Não tínhamos dito uma palavra uma à outra após minha viagem para casa daquele hotel desprezível. Eu ainda estava chateada com ela por trocar de quarto comigo, mesmo que eu tenha gostado de estar com Alex. Mas, caramba, ainda era o princípio da questão.

O telefone continuou a tocar.

Finalmente atendi e seu tom de voz irritado ecoou dentro do carro:

— Já era hora de você atender. Espero não estar ligando muito tarde. Que horas são aí?

— São onze da noite. Imagino que você esteja no Havaí com Pierre?

— *Ah, oui, oui, mademoiselle* — brincou. — Só queria que você pudesse ter tirado férias longas também, especialmente depois daquele ano enorme que passamos juntas, viajando de um show para o outro.

— Bem, algumas de nós tiveram que voltar para casa e começar um novo trabalho imediatamente, ao contrário de certas pessoas que conheço — retruquei, minha raiva tomando conta de mim. — Então, o que você quer, Staci?

— Não te culpo por estar chateado comigo. Sinto muito por ter feito você dividir o quarto com Alex.

— O que você fez foi absolutamente uma merda. — Apesar daquelas duas noites incríveis que tive com ele.

— Eu sei. Mas não pude evitar. Tinha que ficar com Pierre.

TARA L. JAMES

— Onde ele está agora?

— Foi buscar mais algumas toalhas e um balde de gelo, então pensei em te ligar antes que ele voltasse e pedir desculpas.

— Parece que você está se apaixonando por ele.

— Estou.

Era inevitável. Ainda assim, a amiga em mim teve que avisá-la.

— Cuidado para não se machucar. Você sabe como ele é.

— Ah, eu sei. É por isso que é assustador estar com ele, mas maravilhoso ao mesmo tempo. — Ela respirou fundo. — Não sei exatamente o que aconteceu entre você e Alex naquele quarto, mas quando ele soube pelo recepcionista do hotel que você já havia saído e pegou um táxi para o aeroporto, ficou puto. Então ficou quieto depois disso. Pelo resto da viagem para casa. Quase doeu.

Sua revelação deixou cair um quilo de culpa em cada um dos meus ombros. Eu odiava saber que tinha machucado Alex.

— Admita. Você se divertiu com o homem. Por que outro motivo ele teria reagido da maneira que reagiu quando descobriu que você o deixou na mão?

Eu não daria a Staci a satisfação de saber que eu tinha me divertido... me divertido muito, para ser mais exata... e permaneci quieta.

— Madison?

Eu poderia dizer que meu silêncio a estava matando.

— Vamos lá.

— Ai, tudo bem. Eu admito. Me diverti muito com ele. — *Muito, muito mesmo.* — Mas cansei de namorar atletas, especialmente jogadores de hóquei.

— Mas Alex é louco por você.

— Eu sei. Ele mesmo me disse isso.

— Ah, parece que você falou com ele recentemente.

— Na verdade, falei.

— Quando?

— Essa noite.

— Garota, não me faça arrancar isso de você. Conte tudo. E não poupe nenhum detalhe.

Não aguentei mais um minuto guardando meus pensamentos e sentimentos para mim mesma, e tudo saiu pela minha boca. Compartilhei com minha melhor amiga tudo o que aconteceu naquele quarto de hotel, hoje cedo em meu escritório e mais tarde esta noite.

— O homem não aceita um não como resposta. Ele está determinado a me mostrar o quanto se importa comigo. O quanto quer estar comigo.

— E você está disposto a deixá-lo mostrar?

— Eu disse que ele tinha até o final da baixa temporada para me provar o quão sincero ele é. Mas — acrescentei — sem fazer sexo.

— Bem, isso com certeza não parece divertido.

— Aposto que em três semanas ele vai se cansar de mim e ir embora.

— E se ele não cansar?

— Então saberá que eu quero um relacionamento que não seja puramente baseado em sexo. Preciso saber se Alex é outro Derek ou não. E esfriando as coisas entre nós por um tempo é a única maneira de descobrir.

— Boa sorte com isso.

Depois do jeito que ele me deu um beijo de boa-noite, eu precisava disso, pois certamente não era um daqueles beijinhos rápidos e gelados na bochecha. Quer dizer, eu estava falando sobre o tipo de beijo que te deixa cambaleante e sem fôlego, com a cabeça em uma névoa. Suspeitava que ele me provocaria com mais desses até que desistisse dessa noção de que poderíamos ser amigos sem benefícios, enquanto provava quão sério estava falando sobre mim. Sobre nós. Nos próximos quatro meses.

Pisei no freio e parei em um sinal vermelho.

— Staci, Pierre compartilhou o que sente por você?

— Não. Pelo menos não da maneira que Alex faz com você. E não vou perguntar a ele enquanto estivermos nestas férias selvagens e fantasiosas. A última coisa que preciso é que meu tempo com ele se transforme em algo realmente deprimente. Vou esperar e ver o que ele diz quando voltarmos para casa na Califórnia. Ou seremos exclusivos ou acabou.

— Ele perderá se decidir que não quer a mesma coisa que você.

— Engraçado como as coisas funcionam. Você tem um cara de quem não tem certeza, querendo estar com você, e eu tenho um cara de quem tenho certeza, desejando que ele me quisesse tanto quanto o quero.

— Espero que as coisas deem certo para você.

— E o mesmo para você. Se as coisas correrem bem entre vocês dois, você acha… — hesitou — acha que vai contar a ele tudo o que realmente aconteceu entre você, Derek e o bebê?

A luz ficou verde.

Segui pela estrada, segurando meu estômago com a mão, atordoada demais para falar.

— Madison, você ainda está aí?

— Estou. Estou apenas chocada que você me pergunte uma coisa dessas.

— Se vocês dois ficarem sérios, acho que Alex tem o direito de saber.

Ela estava certa. Ele tinha o direito de saber, mas...

— Só se eu me envolver fortemente em um relacionamento com ele. Caso contrário, não é da conta dele, e é melhor você não contar também.

— Nunca faria isso com você. Ah, tenho que ir. Pierre está de volta com o gelo. Nós vamos fazer uma festinha com...

— Entendi. Não diga mais nada. — Eu nem queria pensar no que fariam com aqueles cubos.

Staci riu e depois ficou séria.

— Estou feliz por termos conversado.

— Eu também.

— Te amo, miga.

— Também. Divirta-se.

— Sempre. Boa noite.

A ligação terminou com um sorriso puxando meus lábios. Staci e eu estávamos mais uma vez nos trilhos com nossa amizade.

Cerca de dez minutos depois, cheguei em casa e estacionei na garagem. Ao sair do carro, não pude deixar de me perguntar o que Alex faria comigo se tivesse gelo na mão.

Ainda me recuperando de seus beijos, entrei na cozinha e senti algo afiado morder a parte de trás da minha perna. Eu girei e gritei a plenos pulmões.

Uma cobra estava se enrolando no meu piso de ladrilho.

 # ALEX

Empolgado por ver Madison, eu estava muito agitado, como diria Aubrey, para ir para a cama. Peguei uma cerveja na geladeira e me joguei em uma espreguiçadeira no deck nos fundos da minha casa. Sob um céu noturno sem nuvens, olhei para as estrelas, sentindo-me muito satisfeito comigo mesmo.

O plano C tinha corrido bem.

Mas o que diabos eu faria na minha próxima apresentação? E quando deveria abordá-la sobre aquela outra questão que paira sobre minha cabeça, a imagem do ultrassom? Se ela estivesse grávida, já deveria estar mostrando, certo? Como era sexta-feira à noite, eu teria o fim de semana inteiro para pensar no Plano D.

— Ei, cara, você está sozinho aí? — A voz alta de Chance flutuou sobre o som do rugido das ondas.

Nossas casas eram separadas por um cais de areia e dois portões de segurança; levantei-me e gritei de volta:

— Sim. Acabei de entrar. Venha. Tenho uma cerveja extra na geladeira esperando por você.

Um minuto depois, Chance estava deitado em uma espreguiçadeira ao meu lado, bebendo uma gelada.

— Por que você está acordado tão tarde? Teve uma discussão com Aubrey?

— Nada disso, espertinho. No entanto, quando discutimos, o sexo de reconciliação é fantástico.

Imaginei que seria com uma mulher linda daquelas.

— Então por que você está acordado? Não consegue dormir?

— Bem que eu queria. Estou fazendo uma pausa na finalização de uma obra de arte inútil para o leilão que Aubrey está coordenando.

— Do que você está falando?

— Merda. Pensei que você soubesse. Ela leva Pixy ao hospital para animar crianças com câncer no único dia da semana em que nosso filho está na creche. Um dos administradores perguntou se ela poderia ajudar a encontrar itens para o leilão que eles estão realizando em um evento especial. Esperam arrecadar dinheiro suficiente para construir uma nova ala infantil. Sendo a pessoa bondosa que minha esposa é, ela não poderia dizer não.

— Isso é ótimo. Se ela quiser camisetas autografadas, tacos de hóquei, o que for, do LA Devils, me avise. Ficarei feliz em doar.

— Estou surpreso que ela ainda não tenha convidado você. O leilão é sábado. Amanhã à noite. Vou mandá-la aqui logo de manhã. Ela definitivamente vai querer. Então me diga, como foi hoje com Madison?

Rapidamente o atualizei, então tomei um longo gole de cerveja para tentar refrescar meu corpo, ainda me recuperando daquele beijo quente.

— Você com certeza mostrou quem manda para aquele maldito idiota. Aposto que Sanchez ficou chateado quando você foi embora com Madison.

— O cara é um babaca.

Chance bateu sua garrafa contra a minha.

— Agora que Madison concordou com esse seu negócio maluco, qual é o seu próximo passo? Eu reformulei todo o gramado de Aubrey, qualquer coisa para ficar perto dela quando eu estava tentando conquistá-la.

— Sim, bem, cortar grama e plantar não são para mim, cara. Sem ofensa, mas eu provavelmente acabaria matando qualquer vegetação que estivesse na propriedade de Madison.

— Sem dúvida. É por isso que você me paga muito dinheiro para manter seu quintal tão bonito.

— Foda-se, sim. — A empresa de paisagismo de Chance refez totalmente a frente e os fundos da minha casa. Eles removeram tudo e substituíram por plantas, pedras e holofotes frescos, novos e saudáveis. Eles até contrataram empreiteiros para refazer a entrada da minha garagem e colocar um novo deck. — Eu realmente não tinha ideia de como parecia ruim até você colocar suas mãos enlameadas nele. Até os vizinhos, com quem eu nunca havia falado antes, me disseram como estava muito melhor.

— Por que você acha que te ofereci um grande desconto, porra? — Chance franziu a testa. — Sua casa era uma monstruosidade sangrenta quando me mudei há dois anos. Eu não suportaria viver ao lado daquela pilha de podridão de madeira e ervas daninhas.

— Finalmente a verdade vem à tona — comentei, com uma risada. — Em minha defesa, porém, quando você está viajando sete meses por ano e praticando fora da temporada, é muito difícil se concentrar em qualquer outra coisa.

— Acho que isso inclui relacionamentos também. — Chance cruzou as pernas na altura dos tornozelos e tomou um gole de cerveja. — Aubrey e eu perdemos a conta do número de mulheres entrando e saindo de sua casa depois dos primeiros seis meses morando aqui. No entanto, notamos que as coisas diminuíram significativamente depois que você foi eleito o homem mais sexy do ano passado e os psicopatas começaram a aparecer. Esse seu pau murcho não está mais funcionando?

— Meu pau funciona muito bem, obrigado. Eu estou… estou naquele estágio da minha vida agora onde quero algo mais do que um encontro noturno. E acho… acho que encontrei em Madison.

— Nunca pensei assim até conhecer Aubrey. Juro que aquela mulher me chicoteou no minuto em que pus os olhos nela. — Chance abriu um sorriso saudoso.

— Há uma coisa nela, porém, que me preocupa. — Eu odiava admitir, mas precisava de alguém para falar sobre isso. Alguém que não estava envolvido com hóquei e em quem eu podia confiar. E esse alguém era Chance. — Acho que ela está grávida.

— Não pode ser seu, certo? Quer dizer, você acabou de conhecê-la.

— Não. Definitivamente não é meu.

— Ela está mostrando uma barriga de bebê?

— A barriga dela é mais lisa do que uma tábua de passar roupa.

— Então como diabos você sabe?

— Encontrei uma imagem de ultrassom de um bebê na bolsa de maquiagem de Madison quando estávamos juntos naquele hotel.

Chance quase engasgou com a cerveja.

— Puta merda.

— Pessoalmente, não dou a mínima se ela está. Só não tenho certeza de como abordá-la sobre o assunto. Pode ser muito cedo.

Chance encolheu os ombros.

— Talvez. Deve estar rasgando você por dentro não saber, no entanto.

— Foda-se, sim.

— Eu com certeza tenho que lhe dar crédito. Você é um bom homem querendo assumir a responsabilidade de outro cara.

— Bem, se o pai do bebê é quem eu penso que é, eu não desejaria aquele babaca com nenhuma criança. Vou esperar mais uma semana antes de perguntar a Madison.

Chance soltou um suspiro agudo.

— Estou feliz para um caralho que terminei com toda essa merda de namoro. Não te invejo nem um pouco.

— Se as coisas funcionarem bem entre mim e Madison, vou acabar com isso também.

As sobrancelhas de Chance se ergueram.

— Puta merda, você está falando sério.

Concordei com a cabeça. Eu estava cem por cento certo de que ela era a pessoa certa para mim.

— Qual é o seu próximo passo?

— Eu estava pensando em pegá-la neste fim de semana e ensiná-la a surfar.

— Cristo, cara, ela não pode surfar se estiver grávida. Talvez você devesse perguntar a ela o que ela gostaria de fazer.

— Merda. Você tem razão. Eu não estava pensando. — Meu telefone, preso à minha cintura, vibrou. Eu o puxei e olhei para o identificador de chamadas.

— Quem é? — Chance perguntou.

— Você não vai acreditar nisso, mas é Madison.

— Talvez seja uma ligação daquelas tarde da noite.

— Bem que eu queria. Ela me disse que éramos estritamente amigos sem benefícios durante esse acordo que fiz com ela.

— E por quanto tempo?

— Quatro meses.

— Quatro meses sem sexo? — Seus olhos se arregalaram. — Você deve estar apaixonado por ela se está disposto a ficar tanto tempo sem nenhumazinha.

Ou isso ou eu tinha perdido a porra da cabeça. Quatro meses já celibatários e agora seriam oito no total, excluindo aquela noite em que Madison e eu fizemos amor. Nunca fiquei sem transar por tanto tempo desde que estava no ensino médio.

— Espero que ela perceba o quanto estou falando sério antes disso.

— Espera? — Chance riu. — Inferno, se eu estivesse no seu lugar, estaria orando de joelhos muito antes disso.

— Bem, se você me vir orando em seis semanas, então saberá quão mal eu fiquei. — O telefone ainda vibrando, finalmente atendi.

A voz trêmula de Madison ecoou em meu ouvido.

— Ai, graças a Deus você está aí.

— O que está errado?

— Eu não sabia para quem mais ligar.

— Pelo amor de Deus, Madison, diga o que há de errado.

Chance murmurou um "o que está acontecendo?".

Como se eu soubesse. Dei de ombros para ele.

— Depois que voltei para casa esta noite — disse ela finalmente, em pânico —, entrei na cozinha e uma cobra enorme me mordeu na parte de trás da perna.

— Jesus, Madison, você ligou para a emergência?

— Sim, mas você pode vir?

— Qual o seu endereço? — Ela me contou e eu anotei na memória. — Ok, querida, você não está longe de mim. Continue falando até eu chegar.

— Não posso. Tenho que ficar na outra linha com o despachante até eles chegarem aqui.

— Ok. Aguente firme. Estarei aí em alguns minutos.

— Obrigada. Sinto muito por incomodá-lo. Ah, e aqui estão os códigos para entrar pelo portão e entrar na minha casa. Apenas no caso de eu desmaiar.

Também anotei na memória.

— Vejo você em alguns minutos. — Prendi o telefone de volta na cintura, esperando muito que a mordida não fosse venenosa. Meu Deus, se fosse e ela estivesse grávida…

— Não me deixe esperando. — A voz de Chance me tirou dos meus pensamentos. — O que diabos aconteceu?

— Parece que Madison deu o próximo passo por mim. — Enquanto eu rapidamente recolhia minhas chaves e calçava um par de chinelos, contei a ele sobre a cobra.

— Acha que era venenosa?

— Não faço ideia, mas, sabendo o que tem por aqui, duvido. — Peguei um taco de hóquei em um canto e saí correndo pela porta da frente.

Chance me seguiu até meu carro.

— Não me diga que você vai matar a maldita coisa usando isso.

— É tudo o que tenho.

— Vou pegar uma pá para você.

— Não tenho tempo.

— Espero que ela esteja bem, mas isso pode ser uma resposta à oração — disse Chance, parecendo cheio de otimismo. — Talvez você tenha sorte. Talvez não precise esperar quatro meses para transar. Talvez…

TARA L. JAMES

— Talvez eu devesse dar o fora daqui antes que a cobra a ataque novamente. Falo contigo mais tarde. — Entrei no meu Lamborghini e fui embora, deixando Chance sufocado na poeira. Literalmente. Pisei no acelerador com muita força, fazendo com que as rodas traseiras girassem, espalhando areia no ar.

Assim como prometi, cheguei à casa de Madison alguns minutos depois, com o som de uma sirene tocando ao longe. Deviam ser os paramédicos vindo para cá. Rapidamente passei pelo portão dela e entrei na casa, usando os códigos que ela tinha me dado.

— Onde você está, querida? — chamei.

— Aqui no banheiro.

O ar saiu dos meus pulmões. Aliviado por ela não ter desmaiado, agarrei meu taco de hóquei na mão e procurei dentro de sua sala de estar.

— Os paramédicos devem chegar a qualquer momento. Fique lá. Estou procurando a cobra.

— Verifique a cozinha. Foi onde fui mordida.

Aceitei sua sugestão e com certeza encontrei a otária arrogante sorrindo para mim. Ela estava todo enrolada em si mesmo como uma linguiça crua no chão perto das portas de vidro deslizantes fechadas. Lentamente, avancei em direção a ela e deslizei uma para trás.

Uma brisa fresca do oceano entrou, deixando aquela otária imperturbável.

Morando na Califórnia por tanto tempo, comecei a conhecer minhas cobras. E essa grande otária era uma covarde. Graças a Deus não eram venenosas. Rapidamente peguei meu celular da cintura e tirei algumas fotos, então enfiei meu telefone na parte de trás do bolso da calça jeans.

— Você a encontrou? — A voz de Madison se arrastou até a cozinha.

— Ah, eu a encontrei. Você vai ficar bem. Não é venenosa.

— Graças a Deus — ela gritou.

— Agora fique no outro quarto, querida. — De pé, com os joelhos levemente dobrados, balancei meu taco de hóquei para trás, depois segui e dei um tapa naquele otário através da porta de vidro aberta e saí para a praia. — Adeus, filho da puta. — Levantei os braços no ar. — Sim. Agora, quem está sorrindo?

— Você não a machucou, não é?

— O quê? — Olhei por cima do ombro.

Madison agora estava no limiar da cozinha, olhando para mim como se eu fosse o assassino do taco de hóquei.

Eu girei e ofereci-lhe segurança.

— Não. Claro que não. Aterrissou na areia… na praia.

— Ah, que bom.

— Não me diga que você é uma amante dos animais?

— Claro que sou.

Ela se daria muito bem com a esposa de Chance, que também era louca por eles. Até possuía seu próprio abrigo de resgate de animais.

Finalmente os paramédicos chegaram e entraram na cozinha. Enquanto eles corriam para colocar Madison em uma maca e tratar de sua mordida, mostrei a eles fotos da cobra não venenosa em meu telefone.

Seus suspiros aliviados encheram o ar.

— Senhorita, ainda temos que levá-la ao hospital — avisou um dos paramédicos. — E fazer o check-out.

— Devemos? — Madison choramingou suas palavras.

— Temo que sim. Quando se trata de picadas de cobra, não corremos nenhum risco. Pode infeccionar.

— Isso é bobagem — insistiu, seu rosto pálido. — Toda essa confusão por causa de uma…

— Madison, você vai com eles — afirmei, com uma voz de ferro, não deixando espaço para ela discutir. — Vou seguir esses caras no meu carro até a emergência e encontrar você lá.

Ela segurou minha mão e a apertou.

— Obrigada, Alex.

— A qualquer hora, querida.

Ao todo, entramos e saímos do hospital em cerca de uma hora. Se ela havia contado a eles que estava grávida ou não, eu não fazia ideia. Não me deixaram voltar ao pronto-socorro para vê-la porque eu não era da família. Assim que ela foi entregue aos meus cuidados, coloquei-a em meu carro, voltando para sua casa.

Viajando pela estrada, lancei-lhe um olhar de soslaio. Algumas mechas soltas de cabelo emolduravam suas bochechas pálidas e olhos cansados. Eu queria passar um braço em volta dela e deixá-la adormecer com a cabeça apoiada em meu ombro. Mas isso não aconteceria, não com um console entre nós. Droga.

— Isso é um Adventador S? Eu gosto do zumbido do motor. É um V12, certo?

Levantei a cabeça.

— Como você sabe tanto sobre Lamborghinis?

— Meu pai tem vários carros esportivos.

— Existe alguma coisa que ele não possui?

— Vamos apenas dizer que qualquer coisa que o papai quiser, ele consegue. Acho que ele gostaria de você — comentou, entre um bocejo.

— Por quê? — perguntei, esperando ganhar mais alguns pontos com ela.

Ela se espreguiçou em seu assento e bocejou novamente.

— Vocês dois gostam de coisas rápidas.

— Nem sempre. Às vezes gosto de coisas que vão devagar… como você.

— Eu fui muito rápida com você.

— Sim, mas concordamos em reduzir algumas marchas e navegar em uma velocidade muito mais lenta, para que possamos nos conhecer melhor, certo?

— Esse é o plano.

Soltei uma risada baixa. Se ao menos ela soubesse dos planos A, B e C.

— Então, como você está se sentindo?

— Estou bem. Só sonolenta com os remédios que me deram.

— A enfermeira me disse que você não deveria ficar sozinha esta noite.

— Eu vou ficar bem.

— Desculpe, mas vou passar a noite. Vou dormir no seu sofá.

— Caso você não tenha notado, ainda não tenho móveis. Era para chegar esta semana, mas, por causa da tempestade de neve, será entregue na próxima, em algum momento.

— Ok. Você pode dormir na minha casa.

— Alex, já exigi demais de você. Não posso pedir que você faça isso também.

— Tarde demais. Estamos quase lá.

— Tudo bem. Se você insiste. Estou cansada demais para discutir.

Logo chegamos em minha casa. Quando entramos na sala da frente, dei uma olhada dentro do lugar e rapidamente comecei a arrumar.

— Desculpe a confusão. Não esperava nenhuma companhia. — Tirei uma pilha de revistas de esportes do sofá para abrir espaço para que ela pudesse se sentar. — Sente-se. Vou levar apenas um momento. Preciso ter certeza de que o quarto de hóspedes está em ordem para você.

— Sinto muito por ser uma dor de cabeça.

— Você não é. Estou feliz por poder ajudá-la. Só queria poder fazer mais.

— Você é tão mau.

— Eu gostaria que você me deixasse te mostrar o quão ruim eu posso ser. De novo.

— Alex…

— Ok. Vou respeitar nosso… nosso acordo. — Com tesão pra caramba pela mulher, peguei os pratos sujos da mesa de centro e os joguei junto com as revistas na cozinha. Então me apressei pelo corredor, não acreditando que teria uma festa do pijama esta noite com Madison.

Quando arrumei o quarto de hóspedes e voltei para a sala de estar, Madison já havia adormecida no sofá. Ela parecia tão doce toda enrolada em uma pequena bola. Cara, seria difícil dormir esta noite, sabendo quem estava no quarto ao lado do meu.

Sem perturbá-la, peguei-a nos braços e carreguei-a pelo corredor, tentando desesperadamente não despi-la com os olhos ou pensar em todas as coisas que adoraria fazer por ela. Para ela. Com ela. De novo. E de novo.

Gentilmente, coloquei-a de costas no meio da cama. Então tirei seus sapatos, calças e top, e xinguei a mim mesmo por olhar para ela por mais tempo do que deveria ter sido permitido. Eu não era um homem que rezava muito, mas agora pedia forças para manter minhas mãos gananciosas longe dela.

Mas, Deus me ajude, Madison parecia tão incrivelmente sexy em seu sutiã preto de renda e calcinha minúscula. Eu não conseguia tirar os olhos dela.

Expirando o ar dos meus pulmões, consegui de alguma forma cobri-la com um cobertor, sem tocá-la, e tirar minha bunda de lá. Com as mãos enfiadas nos bolsos da calça jeans, fui direto para o chuveiro antes de perder minha sanidade e voltar direto para Madison.

MADISON

Lentamente, abri os olhos e levantei a cabeça para a pilha de caixas de papelão empilhadas ao lado de um monte de tacos de hóquei enfiados no canto. *Meu Deus, por favor, me diga que não estou na casa de Alex.* Inclinei-me para a frente na cama e olhei para dois grandes pôsteres emoldurados e pendurados na parede oposta à minha frente. Dei uma olhada dupla em um deles.

Com o peito nu, Alex Kane estava de patins no gelo com um taco de hóquei nas mãos, parecendo todo suado e tão... tão... tão gostoso.

Meu queixo caiu.

Minhas coxas se apertaram.

Eu estava definitivamente na casa de Alex.

Não apenas isso, mas estava em seu santuário particular de autoadoração. Eu nunca penduraria em meu quarto de hóspedes fotos ampliadas emolduradas de mim mesmo. Um escritório particular, talvez. Sabendo quão grande era o ego de Alex, aposto que a casa dele estava coberta por todos esses pôsteres.

Verdade seja dita, fiquei tentada a roubar um para mim, especificamente aquele dele seminu em pé no gelo.

Sentindo-me grogue por causa dos remédios, puxei as cobertas em uma necessidade desesperada de um banho e engasguei.

— Puta merda. — Falando sobre estar seminua, eu usava apenas um sutiã e uma calcinha.

Alex!

Ele deve ter tirado minhas roupas ontem à noite enquanto eu dormia, pois lá estavam elas, minhas calças e top, no chão, tudo em uma pilha embolada. Evidentemente, cuidar da casa e limpar não eram seus pontos fortes.

Ansiosa para falar com meu *anfitrião* sobre meu *traje*, ou a falta dele, rapidamente pulei da cama e peguei uma de suas camisetas em uma caixa de papelão. Depois de colocá-lo sobre a cabeça, saí correndo do quarto e segui o cheiro delicioso de café recém-feito até a cozinha. Não dei mais do que alguns passos para dentro quando encontrei Alex sentado no balcão, lendo seu iPad em apenas um par de shorts Nike. Com a boca seca, fiquei ali parada, engolindo a vontade de montá-lo e correr minhas mãos para cima, para baixo e ao redor de seu peito duro nu, bíceps musculosos, ombros largos… Desviei os olhos dele.

Eu precisava ir embora.

Agora.

— Como está se sentindo? — Ele me lançou um sorriso arrogante por cima de seu ombro enorme, como se soubesse que eu estava ali o tempo todo, olhando para ele como uma louca com tesão. — Dormiu bem?

— Sim. Obrigada. — Servi-me de uma xícara de café, tentando impedir os olhos de vagarem abaixo do queixo de Alex.

Ele se inclinou sobre o balcão e ampliou seu sorriso, seu olhar brilhando com todos os tipos de travessuras.

— Você fica muito bonita na minha camisa.

— É como uma camisola enorme, vezes três. Estou nadando nela.

— Eu adoraria dar um mergulho embaixo dela e subir ao seu lado. — Ele praticamente me cegou com seus dentes brancos perolados.

— Que homem terrível — eu disse com uma risada. — Eu teria usado minhas roupas, mas as encontrei no chão, todas amassadas. Parece que você é bom em tirá-las, mas não em pendurá-las.

— Manter as coisas limpas e arrumadas não é meu ponto forte. Graças a Deus posso pagar uma governanta para vir uma vez por semana e limpar para mim.

— Deu para perceber. — Não pude deixar de rir quando olhei em volta para a pia cheia de pratos sujos e para a sala cheia de tênis, meias, roupas de hóquei e só Deus sabe o que mais. Ambas as áreas precisavam desesperadamente ser endireitadas. Mas não era isso que realmente estava me incomodando. — Estou assumindo que tudo o que você fez ontem à noite foi tirar minhas roupas e nada mais.

— Madison, fui noventa e nove por cento um cavalheiro.

Levantei uma sobrancelha.

— E o um por cento?

— Bem… não pude deixar de admirá-la em sua calcinha rendada. Fiquei tentado a *comê-la*. Mas… — Tomou um longo gole de café, como se quisesse me atormentar, pois o suspense de não saber estava me matando. — Não comi. Eu te cobri e te deixei sozinha para sonhar comigo.

TARA L. JAMES

Sonhar com ele? Foi tudo o que fiz desde que o deixei naquele hotel. Mas eu certamente não estava prestes a lhe dizer isso.

— Isso faz você se sentir melhor? — Encarou-me por cima da borda de sua xícara com um brilho arrogante nos olhos.

Assenti.

— Sim. — Eu não tinha dúvidas de que Alex não estava me dizendo a verdade. Nem por um segundo.

— Vamos sentar no deck e terminar nossos cafés lá fora.

Eu o segui para fora através das portas de vidro abertas e sentei em uma cadeira ao lado dele com imagens dele mordiscando a mim e minha calcinha. Contorci-me no meu assento e soltei um longo suspiro.

— Você tem uma bela vista do oceano. Há quanto tempo mora na Califórnia?

— Cerca de nove anos. Eu vim logo que o LA Devils me contratou.

— Bem, você definitivamente tem uma bela casa.

— Exceto pela bagunça, certo? — Deu-me uma piscadela provocante e engoliu um grande gole de café.

— E seu santuário — acrescentei rapidamente.

— Que santuário?

— Sabe, aquele que você mantém no quarto de hóspedes.

— Ah, merda. Eu esqueci. Há uma razão muito boa para isso, no entanto.

— Ah, tenho certeza que sim. — Tomei um gole do meu café, ansiosa para ouvir qual era a desculpa dele.

— Não. Estou falando sério. Lá é onde guardo minhas coisas para leiloar ou vender para arrecadar dinheiro para várias instituições de caridade que patrocino.

— Eu não sabia disso sobre você.

— É algo que não falo. Não faço isso por mim. Estou fazendo isso para ajudar as crianças.

— Crianças? — deixou meus lábios em confusão.

— Sim, com o dinheiro que arrecadei e doei, consegui construir centros comunitários, arrecadar alimentos, complementar o material escolar e a merenda. Todo o tipo de coisas. Mas eu ficaria grato se você guardasse para si mesma. Se a notícia se espalhasse, eu ficaria sobrecarregado com pedidos e odeio recusar alguém que precise.

— Prometo que não vou contar a ninguém. — Profundamente tocada por sua empatia pelos outros, descobri que gostava de Alex mais do que provavelmente deveria. Ele era cheio de surpresas. Se eu desse sorte, nenhuma delas seria como as que Derek jogou em meu caminho.

— Oi, Ax. — Um garotinho adorável de cerca de três anos subiu no convés enquanto sua mãe subia as escadas.

Lancei um olhar questionador para Alex e murmurei:

— Ax?

— Ele ainda não consegue pronunciar meu nome — falou, em voz baixa. — Venha aqui, CJ.

Todo sorrisos e gargalhadas, o querido pimpolho decolou e pulou em cima do colo de Alex. De repente, me senti constrangida com o que estava vestindo e enrolei minhas pernas debaixo de mim, cobrindo os joelhos com a bainha da camisa de Alex. Não sabia quem era essa mulher, mas a última coisa que eu queria era me sentir como se fosse mais uma das namoradas de Alex.

A mulher deve ter desconfiado que eu estava desconfortável.

— Parece que pegamos você em um momento ruim. Podemos sair e voltar mais tarde.

— Aubrey, não seja boba. Esta é Madison. Madison, esta é minha vizinha e seu filho, Chance Junior ou CJ, para abreviar.

— Você tem um menino tão bonito. — Ofereci a ela um sorriso caloroso.

— Obrigada — ela disse, como uma mãe orgulhosa. — No entanto, há dias em que você não pensaria nisso. Ele pode dar trabalho. Mas eu o amo, então acho que vou ter que ficar com ele.

Agarrei meu estômago, com inveja de sua boa sorte.

— Ei, você não é aquela patinadora artística olímpica... Madison Clark?

— Sim. — Ah, ótimo, ela sabia quem eu era. Que embaraçoso, e rapidamente saí em uma divagação, tentando explicar por que estava sentada aqui com a camisa de Alex. — Sou nova na cidade, sabe? Fui mordido por uma cobra ontem à noite e Alex se ofereceu para me ajudar, já que não tenho família aqui. Os médicos disseram que eu não deveria ficar sozinha, então...

— Meu marido estava aqui quando você ligou para Alex ontem à noite, então eu sei tudo sobre isso — disse ela suavemente, como se para me acalmar. — Como está se sentindo?

— Bem. Tive sorte de não ser venenoso. — Retribuí o sorriso dela, aliviada por ela não estar me olhando de forma maldosa e crítica.

TARA L. JAMES

— Aubrey, você está aqui para coletar doações para seu leilão silencioso? — Alex bagunçou o cabelo de CJ e deu-lhe umas cócegas rápidas, fazendo-o rir.

— Sim. Não acredito que me esqueci de perguntar antes. Graças a Deus Chance mencionou isso para mim esta manhã.

— O que você gostaria?

— Vou levar uma camisa autografada, um taco de hóquei e um pôster.

— Qual pôster, aquele meu com ou sem camisa?

— Vamos, Alex. — Ela soltou uma risada deliciosa. — É para arrecadar dinheiro para uma ala hospitalar infantil, não um fundo de aposentadoria para strippers.

— Esse é o meu item mais vendido. Tem certeza? — Alex a olhou com uma inclinação arrogante de cabeça.

— Ah, tenho certeza. Juro que você e Chance são muito parecidos. Ele diz a mesma coisa sobre seus pôsteres de peito nu. Veja bem, não estou reclamando. Não quando vejo o tipo de cheque de royalties sendo depositado em nossa conta bancária a cada trimestre.

— Está bem então. Aquele com a camisa. Eu já volto com seus itens. Vamos, meu homenzinho, você pode me ajudar.

Eu o vi desaparecer dentro de casa com CJ montado em suas costas.

— Seu filho parece adorar Alex.

— Ele é louco por ele. Alex é muito bom com ele também.

— Quantos anos tem CJ?

— Ele acabou de fazer três anos.

— Sabe, se precisar de mais doações, ficarei feliz em dar uma cesta de vinho com um vale-presente.

— Isso seria ótimo, mas o evento é hoje à noite. Não tenho certeza se haveria tempo suficiente para você entregá-lo para mim.

— Ah, bem, então que tal eu oferecer três horas de aulas particulares de patinação no gelo de graça junto com um prêmio em dinheiro de $ 250? Funcionaria melhor para você?

— Isso definitivamente vai funcionar. Muito obrigada. Eu cuidarei do design do seu sorteio, então não se preocupe em preparar uma cesta de presentes.

— Isso é muito gentil da sua parte. Infelizmente, não tenho dinheiro comigo agora.

— Sem problemas. Quando conseguir o dinheiro, pode entregá-lo a

Alex para me dar mais tarde. — Seu olhar vacilou abaixo do meu queixo, então rapidamente voltou ao meu rosto.

Ainda sentada na cadeira com as pernas dobradas embaixo de mim, puxei a bainha da camisa mais para baixo sobre os joelhos, o calor subindo pelo meu pescoço e colorindo minhas bochechas de um vermelho ardente. Fiquei absolutamente envergonhada por conhecer uma amiga de Alex vestida dessa maneira, embora Aubrey não tivesse me dado nenhum motivo real para me sentir assim.

— Chance me disse que você conheceu Alex em um teleférico enquanto estava de férias no Canadá, certo?

— Sim. Mas nenhum de nós reconheceu quem era o outro na época. E estou feliz por não sabermos.

— E por que isso? — Ela se sentou ao meu lado e olhou, seu longo cabelo puxado para trás em um rabo de cavalo semelhante ao jeito que eu estava usando o meu.

— Não sou grande fã de jogadores de hóquei. E, se eu soubesse desde o início quem era Alex, não estaria sentada aqui com você agora.

Os olhos de Aubrey se arregalaram.

— Acho que você é a primeira amiga de Alex que ousou admitir algo assim.

— E tenho certeza que ele já teve muitas também.

— Parecia uma porta giratória. Mas ele mudou muito no último ano. As coisas têm sido muito mais calmas por aqui.

— Alguma ideia do por quê? — perguntei, mais do que curiosa para saber o motivo.

— Você conhece os homens, eles geralmente demoram mais do que as mulheres para amadurecer.

— E alguns nunca o amadurecem. — Como Derek e Pierre, eles eram dois exemplos perfeitos disso. Eu duvidava que fossem crescer.

— Pessoalmente, acho que Alex está naquele ponto da vida em que está procurando a *mulher certa* para se estabelecer. — Aubrey me fitou diretamente, seus olhos irradiando um verde travesso.

Se isso não era uma dica, eu não sabia o que era. Ela devia saber que Alex gostava de mim. E, honestamente, eu também gostava dele. No entanto, ainda tinha minhas reservas sobre o cara, principalmente por não saber se podia confiar. Ao contrário do meu corpo, que implorava para eu desistir do maldito negócio e já fazer sexo com ele. Muito e muito sexo.

TARA L. JAMES

O homem era um amante e tanto.

Incrivelmente caridoso.

Só de pensar nisso me fez me contorcer na cadeira.

Com CJ pulando ao lado de Alex, eles reapareceram com os brindes. Um olhar para a gaivota sentada no parapeito e o garotinho correu pelo convés para enxotá-la, enquanto Alex deu uma olhada para mim e Aubrey e seu rosto empalideceu.

— Eu sabia que não deveria ter deixado Madison sozinha aqui com você.

Eu tinha que acalmar a mente do pobre rapaz.

— Não se preocupe. Não foi nada que eu já não soubesse sobre você.

— Bem, exceto a parte sobre a porta giratória não girando tanto quanto antes. Surpreendentemente, essa parte me deixou feliz. Muito, muito feliz.

— Gostei dela — disse Aubrey, com um sorriso. — Essa é para casar.

— Confie em mim, estou trabalhando nisso. — Ele me lançou um sorriso reverente, em seguida, olhou para Aubrey. — Quer que eu leve isso para sua casa para você?

— Não. Eu dou conta. — Ela aceitou o pôster, o taco e a camisa de Alex, em seguida, estendeu a mão livre para CJ. — Vamos, coração. Hora de ir. — Quando eles estavam prestes a se virar e sair, Aubrey parou e ofereceu a nós dois um grande e brilhante sorriso. — Esqueci totalmente. Acho que tenho muito em que pensar. Esta noite é o leilão silencioso. Está sendo realizado no Grand Hotel. Vocês dois estão convidados.

— Quem vai cuidar de CJ?

— Adele.

— Não precisa ir de gravata, né? — Alex acariciou o queixo barbudo com seus longos dedos, parecendo que isso poderia ser um problema.

— Não. Sei o quanto você odeia essas coisas. Mas você tem que usar um terno. Gravatas são opcionais.

— Graças a Deus — murmurou, em voz baixa.

— Madison, um vestido de festa está bom, caso esteja se perguntando o que vestir também. Eu tenho que ir. Ainda tenho muito que fazer. — Com a criança pequena e as doações a reboque, ela desapareceu pelas escadas dos fundos, a doce conversa de seu filho flutuando atrás deles na brisa quente do oceano.

— Aubrey parece muito legal. — E eu sinceramente quis dizer isso também.

— Ela é. Ela é como uma irmã, sempre cuidando de mim.

— Quem é Adele?

— Ela é irmã de Chance. — Alex me puxou da cadeira para seus braços. — Ainda não te dei seu beijo matinal.

Lancei um olhar alarmado ao redor do convés e por cima do ombro dele.

— Não dou a mínima se alguém nos vê — disse ele, totalmente ciente da minha preocupação. — Não há mais ninguém com quem eu queira estar além de você. — Ele acariciou o local abaixo do lóbulo da minha orelha, sua respiração aquecendo minha pele. — Nenhuma mulher foi para a cama comigo e pisou no freio para me conhecer. Ou, melhor ainda, me deixou sozinho em um quarto de hotel como você. — Um sorriso surgiu nos cantos de sua boca. — Nunca conheci ninguém como você antes, Madison. Farei o que for preciso para convencê-la de que estou falando sério. E, quando você perceber o quanto, eu vou fazer do meu jeito com você... de novo e de novo.

Antes que eu pudesse dizer uma palavra, ele pegou meus lábios trêmulos com os dele e segurou a parte de trás da minha cabeça com a mão.

O homem não era apenas um amante incrível, mas também um beijador fenomenal. Ele roçou seus lábios macios contra os meus.

Uma vez.

Duas vezes.

Três vezes.

Incapaz de resistir a ele, abri a boca. Sua língua deslizou para dentro e começou um tango lento, torcendo e girando muito suavemente com a minha. Enfraquecendo os joelhos, inclinei-me impotente contra ele, as batidas do meu coração enviando uma vertiginosa corrida de sangue direto para a minha cabeça.

Alex aprofundou o beijo, explorando mais. Tomando mais. Degustando mais. Ele deslizou a mão pelas minhas costas, subindo pela minha cintura e depois entre nós, segurando meu seio. Seu dedo indicador e polegar... desesperado para brincar com meu mamilo... procurou por ele freneticamente através da espessa camada de material de algodão.

Perdida em seus toques, joguei a cabeça para trás em sua palma. Ele beijou meu pescoço, leve como uma pena, deixando um rastro de calor, até que encontrou o ponto de pulsação em minha garganta e se banqueteou com ele, beliscando aqui, raspando ali com os dentes. Com as pernas bambas, agarrei seus ombros para me firmar antes de derreter em uma poça e cair a seus pés.

TARA L. JAMES

— Alex — ofeguei — isso é loucura.

— Silêncio. — Alex me segurou mais apertado contra seu corpo, criando todos os tipos de estragos entre meus seios até minhas coxas. — Diga. — Ele afastou a cabeça e respirou fundo várias vezes. — Diga que vai comigo esta noite para o leilão.

Suplicar com gemidos para provar mais dele, para sentir o calor de sua boca, quebrou todas as defesas que me restavam. A palavra *sim* me escapou antes que eu pudesse engoli-la de volta.

Com os olhos semicerrados, ele olhou para mim e deu uma mordida provocante em meu nariz.

— É melhor encontrarmos outra coisa para fazer. — Ele respirava pesadamente. — E é melhor que seja algo que nos mantenha ocupados e você a pelo menos dois metros de mim.

O ar saiu de meus pulmões.

— Bem, eu sei a primeira coisa que vou fazer.

— Sim, o que vai ser?

— Tomar um banho.

— Isso é um convite? — Seu tom era meio provocador, meio esperançoso.

Neguei com a cabeça lentamente. Naquele momento, ele parecia tão desapontado. Tudo o que pude dizer foi "desculpe, lindo" em um tom de voz empático.

— Você está me matando. Quero que você saiba disso.

Se eu o estava matando, ele estava me torturando.

— O que você gostaria de fazer hoje depois de tomar banho... sozinha? — Ele roçou a cabeça no meu cabelo.

— Você precisa me levar para casa. Tenho mais algumas malas para desfazer e quadros para pendurar. Conhece alguém que possa ser habilidoso com um martelo?

— Martelo é meu nome do meio — ele murmurou em meu ouvido.

Eu ri.

— Sim, você com certeza sabe *macetar*.

— Isso aí. — Ele deixou cair os braços para os lados e deu um tapinha gentil no meu traseiro. — Agora vá e tome aquele maldito banho antes que eu comece a macetar você.

— Ok. Ok. Indo. — Apressei-me, minha risada ricocheteando no convés.

Logo chegamos em minha casa. Pintada de branco com uma infinidade de janelas, a construção de três andares ficava a cerca de cinco quilômetros da casa de Alex. Desesperada para vestir roupas limpas, corri pela calçada e entrei na casa com Alex atrás de mim.

— Cara, você com certeza tem muitas janelas. — Alex deu um passo para o lado e olhou ao redor. — Não tinha percebido o tanto quando estive aqui ontem à noite.

— Estou alugando este lugar por causa delas. Assim que meus móveis chegarem e eu colocar meus tapetes e desencaixotar meus enfeites, realmente me sentirei em casa.

— Estou assumindo que copos de shot e ímãs de geladeira não estão incluídos na mistura.

— Na verdade, minha coleção de copos está lá embaixo na sala de recreação ao lado da mesa de bilhar e do bar molhado.

Sua sobrancelha se ergueu.

— Você tem uma mesa de bilhar?

— Sim. Veio com a casa. Nunca joguei antes, mas pretendo aprender em breve.

— Que tal eu te dar uma aula mais tarde? — Alex se inclinou para perto e estendeu a mão para mim.

Dei alguns passos para trás.

— Ah, não, você não.

Com os olhos brilhando com todo tipo de ideias diabólicas, ele deu dois passos para frente e tentou me agarrar.

Dei um tapa provocante em suas mãos.

— Comporte-se, senhor Jogador de Hóquei.

— Isso não é divertido.

— Temos quadros para pendurar. Estarei de volta depois de tirar essas roupas *amassadas*.

— Sabe, você poderia ter ficado com a minha camisa o dia todo. Não teria me incomodado. Ficou muito bonitinha nela.

— Bem, como você pode ver, eu trouxe para casa como lembrança.

— Dobrada debaixo do braço, dei um tapinha gentil na camisa com a mão.

— Vou autografá-la, se quiser. Eu sei onde gostaria de ver minha assinatura. Bem na sua...

— Alex — eu ri, interrompendo-o. — Temos trabalho a fazer. Sirva-se de uma cerveja na geladeira. Corri escada acima com sua voz me seguindo:

— Tem cerveja e uma mesa de bilhar? Cara, você é meu tipo de garota.

Voltei logo depois, de short e camiseta, e encontrei Alex já trabalhando, apertando a porta de um armário com uma chave de fenda. Durante a hora seguinte, trabalhamos juntos na cozinha, desempacotando caixas e guardando pratos, mas não sem que Alex roubasse um beijo aqui, um beijinho ali.

— Terminei de limpar o convés nojento. — Sua voz divertida soava como um pirata. — O que vem a seguir, capitã?

— Agora penduramos quadros.

— *Aye, aye cap'n* — puxou. — *What do you do with a drunken sailor...*

Nas duas horas seguintes, cantamos canções do mar e penduramos minhas pinturas. Terminamos de pendurar os últimos quadros na sala ao lado da cozinha.

Alex ficou para trás e admirou nosso trabalho manual.

— Ainda não consigo acreditar que você mesma pintou aquelas aquarelas. As fotos das crianças coletando conchas na praia são muito legais. O marido de Aubrey, Chance, também é artista. Você o conhecerá esta noite no leilão.

— Ele pinta?

— Não. Mas faz arte com o lixo. Também é dono de uma empresa de paisagismo de sucesso. Ele redesenhou e plantou o jardim na frente e nos fundos da minha casa.

— Uau. Mal posso esperar para conhecê-lo.

— Tenho certeza que, depois que ele e Aubrey virem suas aquarelas, vão querer que pinte uma de CJ. Conte-me sobre esta pintura. — Ele apontou para o que tínhamos acabado de pendurar sobre a lareira na sala da frente.

— Comprei no Coconut Grove Art Festival, na Flórida, de uma jovem artista em ascensão. Amei o pôr do sol sobre o oceano. Algumas paisagens marinhas são terrivelmente deprimentes. Mas esta é vibrante.

— Como se prometesse que amanhã será ainda melhor do que hoje.

— Sim. — Olhei para ele com espanto. — Foi exatamente o que pensei, também, quando comprei dela. Amo o jeito como ela misturou os vermelhos e laranjas.

— Depois de olhar para todas essas pinturas legais, você está envergonhando minha casa.

— Você provavelmente não teve tempo para fazer nada devido à sua agenda lotada.

— Não é isso. Eu nunca me importei com a aparência até recentemente. Talvez você possa me ajudar a descobrir qual é o meu gosto.

— Isso significaria ir a galerias de arte e lojas de móveis. Você realmente aceitaria isso?

— Só se eu for com você. — Inclinou-se e deu-me um beijo rápido. — Você tem alguma coisa para comer por aqui? Estou morrendo de fome.

— Posso fazer um sanduíche para nós.

— Ótimo. Então vou te dar uma aula de como jogar sinuca.

— Você vai ter que sair depois disso. Preciso de tempo para me preparar para o leilão. Estou assumindo que você vem me buscar.

— Claro. Meu serviço de Lamborghini está aberto para você 24 horas por dia, 7 dias por semana.

— Definitivamente, não falta bom gosto quando se trata dos seus brinquedinhos.

— Ou quando se trata de você, Madison. Você é o auge da classe. — Deu-me outro beijo, derretendo um pouco de uma das dúvidas que eu tinha sobre ele. — Agora me traga esse sanduíche antes que eu comece a mordiscar você.

— Tudo bem. Já vou. Encontro você lá embaixo na sala de recreação. — Com o olhar de Alex aquecendo minhas costas, corri para a cozinha e preparei um almoço tardio para nós.

Em pouco tempo, terminamos nossas refeições e eu estava em frente à mesa de sinuca com Alex me mostrando como usar um taco e explicando o básico.

— Agora eu preciso que você se incline.

— O quê? — Lancei-lhe um olhar perplexo.

— Em cima da mesa, boba, usando o bastão do jeito que eu te mostrei.

— Ah. — Obedeci e olhei para ele por cima do ombro. — Assim?

Ele tirou os olhos da minha bunda e assentiu.

— Sim, assim.

Inesperadamente, ele se inclinou sobre mim e forneceu mais instruções sobre onde e como segurar o bastão corretamente. Mas eu mal conseguia me concentrar com seu peito duro pressionado contra mim e seus braços fortes descansando ao lado dos meus.

— É isso. — Beijou meu cabelo. — Mas você está segurando o taco com muita força. Solte o dedo indicador da ponta, para que possa deslizar facilmente pelo orifício.

Não pude deixar de rir como se fosse uma criança de onze anos pelo duplo sentido.

— Pare de pensar bobagem, senhorita Clark — Alex sussurrou, provocante, em meu ouvido, sua respiração esfriando minha bochecha.

— Bem, é difícil não pensar quando você usa palavras como taco e orifício.

— Estou em choque por você pensar em coisas tão sujas. — Ainda se inclinando sobre mim, ele soltou uma risada divertida. — Tente deslizar o bastão pelo círculo agora.

Segurando outra risadinha feminina, segui suas instruções e funcionou.

— Ok, e agora?

Ele alinhou duas bolas, uma era branca e a outra tinha uma faixa no meio.

— Imagine que há um caminho invisível da bola branca até aquela com listra verde. Você quer tocar no centro da bola branca com a ponta do taco, para que a bola branca acerte a outra na caçapa lateral.

Mandei a bola branca voando. Por sorte, Alex o pegou antes que atingisse o piso de ladrilho.

— Não tão forte, minha linda. — Ele colocou a bola branca de volta na mesa. — Tente de novo, mas desta vez com menos força.

Eu tentei e perdi a maldita coisa completamente.

— Aqui, vamos fazer isso juntos. — Alex se inclinou sobre mim novamente. Meus pulmões se encheram com seu cheiro, de sabão e suor saindo de seu pescoço e ombros.

Com a ajuda dele, o taco deslizou com facilidade e fez contato direto com a bola branca, fazendo-a acertar a bola listrada na caçapa lateral.

— Não acredito que fiz isso — falei, animada. — Vamos tentar um pouco mais.

— Eu sabia que você conseguiria. — Alex me ofereceu um sorriso triunfante, então colocou mais algumas bolas para eu tentar acertar nas caçapas.

Na primeira tacada de treino, Alex se esfregou contra mim por trás, na segunda, deslizou os braços pelos meus novamente e, na terceira, colocou uma coxa entre minhas pernas. Na minha quarta tacada, fingi aborrecimento.

— Como você segurar meu seio me ajuda?

— Não ajuda. Eu simplesmente não pude resistir a te tocar.

— Eu deveria bater na sua cabeça com este taco, seu danadinho.

— Eu sei onde gostaria de deslizar meu taco, mas você não deixa. — Ele suspirou e olhou para o relógio pendurado sobre o bar. — É melhor eu ir e deixar você se arrumar… a menos que precise da minha ajuda.

— Acho que consigo me arrumar sozinha.

— Não pode me culpar por tentar.

— Você não desiste, não é?

— Não quando se trata de você. Vamos, me leve para fora. — Ele envolveu minha mão e o levei até seu carro. — Venho te buscar, digamos, por volta das 19h30min?

— Estarei pronta. — Fiquei na ponta dos pés e dei-lhe um beijo na boca. — A gente se vê. — Eu o observei sair, então voltei para dentro de casa e subi as escadas para o meu quarto, já sentindo falta de Alex.

Como o leilão silencioso era um evento mais conservador, eu havia decidido antes que usaria um vestido de festa preto simples, mas elegante, sem mangas, com decote em V, feito pela Dolce&Gabbana, e um par de saltos Louboutin para combinar. Impaciente para ver Alex novamente, corri para o chuveiro e me preparei para a noite, contando os minutos para 19h30min.

MADISON

Pelo menos já eram 19h30min. Alex chegou na hora. Eu o deixei passar pelo portão e o cumprimentei na porta um minuto depois. Um olhar para ele e quase caí para trás em meus saltos altos. Nunca o tinha visto de terno; apenas em jeans e suéteres ou calças de moletom e camisetas. O paletó e calça azul marinho de dois botões de linho o abraçavam com perfeição, exibindo suas poderosas coxas musculosas e bíceps protuberantes.

Com a camisa branca desabotoada no colarinho, pude ver a cavidade do pescoço. Eu queria beijar aquele ponto e...

— Você raspou a barba!

Ele esfregou o queixo bem barbeado com os dedos longos.

— Sim, estava na hora. Você gosta disso?

Acariciei sua bochecha com a mão e fiquei maravilhada com a sensação de sua pele macia e suave sob meus dedos.

— Eu amei. Agora não terei mais arranhões no rosto.

— Vamos ver. — Seu olhar escuro passou por mim como uma brisa quente e úmida em uma noite de verão escaldante, me fazendo querer arrancar meu vestido e pressionar meu corpo nu contra o dele. — Você está absolutamente deslumbrante esta noite.

— E você está incrivelmente bonito. — Eu sorri.

Com seus braços me envolvendo, ele me puxou para si.

— Ei, eu gosto de você nesta altura. Nós nos encaixamos perfeitamente. — Ele baixou os olhos e um sorriso tocou seus lábios macios. — Uau. Como você está linda.

Derretendo contra ele, recebi seu beijo com a boca aberta. Nossas línguas instantaneamente duelaram uma com a outra, esfaqueando, golpeando, investindo uma contra a outra. Ele arrastou a mão lentamente pelas minhas costas, enviando arrepios pela minha espinha, e segurou uma nádega. O prazer que ele estava construindo dentro de mim era puro tormento. Sempre que eu tentava recuar, Alex aprofundava o beijo, me mantendo cativa, me fazendo querer mais.

— Você está usando alguma roupa íntima? — Exalou bruscamente.

— Só um fio-dental — respondi sem fôlego.

Ele soltou um gemido.

— Foda-se, por que fui perguntar?

Tremendo de excitação, eu mal conseguia ficar de pé e agarrei-o pelos ombros. Desesperada para recuperar alguma forma de autocontrole, rocei minha boca em seus lábios.

— Alex. — Eu ofegava. — O leilão.

— Eu sei. Droga. Teremos que continuar isso mais tarde. — Deu um passo para trás e soltou um suspiro, ajeitando o paletó e a gola. — Pronta para ir?

Alisando meu vestido, concordei e peguei uma bolsa de noite em uma mesa e segui Alex até o carro. Uma vez acomodados em nossos assentos, ele engatou a marcha e partimos. Normalmente homens de sua altura não cabiam em carros esportivos, mas ele cabia perfeitamente.

— Estou surpreso que você não esteja apertado sentado em seu assento.

— Mandei fazer o Lamborghini personalizado para caber no meu tamanho.

Eu ri.

— Isso é algo que meu pai faria.

— Acho que, se posso pagar, por que não, certo? — E me deu um sorriso arrogante.

Recuperando-me daquele beijo, abaixei o visor e me olhei no espelho. Além de meus lábios estarem inchados, minha maquiagem não tinha borrado, para minha surpresa. Pensei que estaria espalhada em todo o meu rosto depois daquele *duelo incrível*.

Logo chegamos ao hotel. Uma onda repentina de pânico tomou conta de mim.

— Algum repórter estará aqui esta noite? — Estive tão distraída com Alex o dia todo que esqueci completamente de perguntar.

— Relaxe. Se algum repórter quiser saber por que estamos juntos, diremos que nos pediram para vir apoiar o hospital, o que é verdade quando você pensa a respeito.

— Do jeito que você fala, sim, mas a mídia vai acreditar em nós?

— É por isso que pago muito dinheiro ao meu publicitário para cuidar disso, caso não dê certo. Você já está ciente do tipo de besteira que jogaram em mim.

Absolutamente.

— Eu gostaria de ter sua casca grossa.

— Eu reconheço que você está incomodada com toda essa porcaria dos tablóides, mas, quanto mais cedo deixar para lá e esquecer, melhor para você. — Deu-me uma doce piscadela. — Pronta para enfrentar a multidão?

Com grande hesitação, acenei com a cabeça para ele.

Alex deu uma gorjeta ao manobrista para garantir que *seu bebê* estivesse estacionado com segurança na frente e perto da entrada. Então entramos no saguão juntos, com os braços ao lado do corpo. Fiquei grata por Alex reconhecer minhas preocupações e não me tocar ou colocar sua mão na minha. Eu não tinha sido vista em um evento público com outro homem desde Derek. E a última coisa que eu precisava era que as manchetes mostrassem "Madison Clark aterrissa em seus patins... e marca outro grande ponto com Alex Kane".

Meus medos foram imediatamente dissipados. Não vi nenhum repórter. No entanto, um bando de jovens praticamente me atropelou para chegar até Alex. Elas literalmente me empurraram para o lado e o cercaram como abutres morrendo de vontade de pegar um pedaço fresco de carne crua. Isso tudo aconteceu antes que alguém pudesse reconhecer que havíamos nos reunido. Eu também tinha alguns admiradores que se aproximaram de mim, mas nada como Alex. Quer estivesse esquiando no Canadá ou em um evento beneficente local, o homem era uma estrela dentro e fora do gelo.

Com aquele famoso sorriso arrogante, cumprimentou aquelas mulheres, assinou seu nome e tirou selfies. Ele era um mestre em lidar com o público. Agora entendi por que foi eleito o homem mais sexy no ano passado. Ele era absolutamente encantador, sem falar no hóquei.

Pisquei, surpresa. Eu realmente pensei isso?

Os convidados logo entraram no refeitório, diminuindo a multidão no saguão. Encontrei Aubrey acenando para mim.

— Aí está você. — Ela correu ao meu lado e me beijou na bochecha. — Estou tão feliz que você veio. Alex me enviou para te encontrar. Ele te colocou sentada à nossa mesa, mas não ao lado dele. Há alguns repórteres aqui esta noite, cobrindo o evento, e ele não quer que você se preocupe com se os dois estarão no noticiário de amanhã.

Fiquei grata pela iniciativa de Alex e deixei o saguão com Aubrey. No entanto, não pude deixar de me sentir desapontada ao mesmo tempo por não poder estar com ele. Entramos juntos na grande sala de conferências decorada com dezenas de mesas redondas cobertas com linho, porcelana por cima, e taças brilhando sob duas fileiras de candelabros. Sheila, uma popstar internacionalmente famosa, subiu no palco improvisado e liderou a banda ao vivo com uma música animada. Quem a fez aparecer deve ser muito convincente e influente.

Sobre o zumbido alto de vozes e música estridente, segui Aubrey até nossa mesa reservada para VIPs e me sentei ao lado dela e de um homem com olhos azuis acinzentados e cabelo castanho-acobreado. Tinha que ser o pai de CJ.

— Madison, este é Chance, meu marido.

— Imaginei. Seu menino se parece tanto com você. Prazer em conhecê-lo.

Radiante de orgulho, Chance se inclinou e falou em voz alta.

— Ah, sim, agora posso ver que tudo o que ouvi sobre você é verdade.

Eu não tinha certeza do que ele tinha ouvido, mas podia entender por que as mulheres próximas e distantes ficavam loucas olhando para ele com aquele sorriso arrogante e o sexy sotaque australiano. Aubrey me apresentou ao resto das pessoas sentadas ao redor da mesa. Se eu fizesse um teste depois com todos os seus nomes e o que eles faziam, seria reprovada com certeza. Exceto por uma... a bonita ruiva sentada à direita de Alex, flertando, rindo e tocando-o demais com suas unhas acrílicas vermelhas. Ela era uma médica pediatra e, por isso, ficava difícil para mim não gostar dela.

Não pude deixar de me perguntar, porém, por que o assento à esquerda de Alex estava vago. Talvez estivesse reservado para outro convidado ou talvez ele estivesse guardando para mim caso eu decidisse sentar ao lado dele mais tarde.

— Como assim ouvi dizer que você é um artista? — A voz de Chance me impediu de encarar a ruiva.

— Fiquei sabendo que você também é. Mas eu só me interesso por aquarelas.

— Isso não é o que Alex disse — Aubrey comentou. — Eu adoraria se você pintasse CJ brincando na praia.

— Bem, por que você não vem esta semana e confere minha arte. Se você gostar do que vê, ficarei mais do que feliz em pintar seu filho.

— Incrível. Que tal esta quinta-feira?

— Perfeito. Estou de folga. Vou ficar aguardando a entrega dos meus móveis.

Aubrey e Chance logo foram absorvidos em uma conversa com o casal sentado ao lado esquerdo. O belo homem à minha direita começou a conversar comigo. Logo descobri que ele era solteiro, um cirurgião cardíaco pediátrico de sucesso e estava no mercado.

Infelizmente, ele era outro Victor Sanchez, mas com um ego ainda maior. Estava procurando um troféu para colocar em seu braço, pois mostrou pouquíssimo ou nenhum interesse em mim ou nas minhas realizações. *Ao contrário de Alex.* A conversa era toda sobre ele. Ele. Ele. Tédio!

Tentando o meu melhor para não ser rude ou adormecer, sentei-me em silêncio, dando-lhe um aceno de cabeça aqui, um sorriso ali, desejando ter me sentado ao lado de Alex. Tomei um gole de vinho e olhei para ele sentado à minha frente sobre a borda do meu copo. Ele me pegou encarando e me lançou um olhar questionador. Inclinei a cabeça ligeiramente em direção ao meu parceiro de jantar e revirei os olhos. Ele levantou sua bebida e me ofereceu um aceno empático.

Sheila encerrou a música e o administrador do hospital subiu no palco. Ele agradeceu e disse algumas palavras de boas-vindas.

— Não podemos dizer o quanto agradecemos a todos por virem aqui esta noite para ajudar a arrecadar dinheiro para uma ala infantil muito necessária para nossa comunidade. Certifiquem-se de parar para fazer seu lance no leilão silencioso que estamos patrocinando para este projeto valioso. Há objetos de hóquei assinados pelo próprio Alex Kane, do LA Devil, aulas de patinação com a medalhista de prata olímpica Madison Clark, um almoço com a famosa Sheila, que se ofereceu de bom grado para fazer o entretenimento desta noite e muito mais. Agora aproveitem a refeição, pessoal. Voltaremos aqui mais tarde com mais do nosso prefeito e coordenador de eventos.

As refeições foram servidas e aquela cadeira reservada ao lado de Alex agora estava ocupada. Com Sheila.

E, pelo que parece, eles já pareciam se conhecer. Ela o cumprimentou com um grande beijo.

Nos lábios.

E Alex certamente não afastou a cabeça dela também. Depois de assistir aquela exibição de beijinho, tomei outro gole de vinho para livrar o gosto amargo de ciúme queimando dentro da minha boca. Aparentemente, eu não era a única a me sentir assim. A ruiva sentada ao lado direito de Alex tinha uma carranca grande e franzida entre os olhos verdes ardentes.

Percebendo que Aubrey e Chance terminaram de falar com o casal ao lado deles, eu queria saber a sujeira daquele popstar e me inclinei e falei com Aubrey em voz baixa.

— Eu não sabia que Alex conhecia Sheila.

— Infelizmente sim. — Ela suspirou em frustração. — Ela é adora festas. Ficamos muito felizes quando Alex parou de vê-la, porque estávamos prestes a dizer a ele que não aguentávamos mais as festas noturnas e a música alta.

— Há quanto tempo foi isso?

— Quando nos mudamos para a casa ao lado dele. Cerca de dois anos atrás.

— Alguma ideia de quanto tempo eles se viram?

— Conhecendo o histórico de Alex por ter apenas casos de curto prazo, não muito. Não por muito tempo.

Encontrei meu olhar vagando de volta para Alex. Sua mão de repente mergulhou debaixo da mesa e então reapareceu rapidamente segurando a de Sheila. *Que diabos?* Ela curvou os lábios em um beicinho e sussurrou algo em seu ouvido.

Provavelmente algo sujo.

Uma efusão repentina de lembranças de Derek inundou minha mente, de mulheres perseguindo-o constantemente, seguindo-o até seu quarto de hotel ou jogando as chaves ou calcinhas nele enquanto estava sentado no banco dos jogadores. Com o conteúdo do meu estômago se revirando, pedi licença e perambulei pelo labirinto de mesas até encontrar a saída mais próxima.

Uma vez no saguão, fui direto para o banheiro e encarei meu reflexo no espelho, negando com a cabeça. O que diabos eu estava fazendo? Realmente queria voltar para aquele mundo de merda de celebridade?

Duas garotas bonitas entraram, conversando bastante.

Eu as reconheci imediatamente. Faziam parte do rebanho de Marias Patins que cercaram Alex quando entramos no saguão pela primeira vez. Para fingir que não estava escutando a conversa delas, tirei um batom da bolsa e passei gloss nos lábios.

— Não acredito que você tirou uma selfie com Alex Kane. Garota, estou com tanto ciúme. — A morena empurrou o lábio inferior para cima e fez um beicinho perfeito.

— Enfiei meu número no bolso do casaco dele — a loira respondeu com uma risadinha. — Espero que me ligue. Adoraria brincar com o taco dele.

— Eu me pergunto se ele prefere um confronto individual ou dois contra um? — A morena escovou o cabelo e soltou uma gargalhada estrondosa.

— Você está sugerindo que, se Alex me convidar para sair, devo convidar você também?

— Ei, eu compartilhei Derek Harrison com você depois daquele grande jogo em novembro do ano passado, ou você esqueceu?

Meu Deus, eu ainda estava namorando aquele idiota na época.

Enquanto a loira aplicava seu rímel, ela respondeu com um sorriso lascivo:

— De jeito nenhum eu poderia esquecer isso. Mas ouvi dizer que ele não é nada como Kane no quarto. Parece que Kane tem um tiro certeiro, usando aquele taco enorme e perverso.

Eu tinha que sair de lá antes que elas percebessem quem eu era. Rapidamente enfiei o batom de volta na bolsa, então corri para fora do banheiro, com as palavras da morena me seguindo...

— Vamos rezar para que ele nos ligue.

E eu *rezei* para que aquelas duas Marias Patins selvagens nunca terem me notado. Uma vez no saguão, exalei profundamente. Raramente eu xingava, mas foda-se Derek. Mesmo que ele estivesse fora da minha vida para sempre, o homem ainda me deixava louca. Graças a Deus eu estava livre dele.

Endireitando a parte debaixo do vestido, encontrei meu caminho de volta para a mesa, depois de fazer um rápido desvio e pedir uma vodca dupla com suco de cranberry no caixa. Depois daquela pequena aventura no banheiro feminino, eu precisava.

Assim que todos terminassem de comer, eu daria minhas desculpas a Alex e seus amigos, Aubrey e Chance, e voltaria para casa em um táxi — ou mais como meu carro de fuga —, pois estava se tornando um hábito para mim ultimamente.

A mesa foi limpa logo em seguida. A torta de maçã foi servida. E eu estava mais do que pronta para sair. Quando estava prestes a me levantar, o cirurgião à minha direita começou a falar comigo sobre um rancho que estava pensando em comprar em Montana.

Como se eu realmente me importasse.

Terminei o resto da minha bebida em um só gole e peguei Alex esfaqueando o cirurgião com um olhar assassino. Parecia que ele queria matar o cara. Owwn, ele parecia com ciúmes. De repente, me senti culpada por querer correr para a saída mais próxima.

Mas não o suficiente quando Sheila puxou Alex de sua cadeira e o fez subir ao palco com ela depois que todos os VIPs fizeram seus discursos sofisticados.

— Boa noite a todos. — A voz de Sheila explodiu no microfone enquanto ela enganchava o braço em volta da cintura de Alex. — Este homem dispensa apresentações. Ele vai cantar comigo uma das minhas canções de amor favoritas que escrevi, *Tender Heart*.

Tender Heart... coração sensível, meu cu. Que tal uma música chamada "esfaqueá-la pelas costas"?

Assobios, gritos e aplausos encheram o ar, seguidos pelo adorável casal cantando seu dueto amoroso.

— Não há nada que aquele babaca não possa fazer — disse Chance, com uma risada.

Alex realmente tinha uma voz maravilhosa, para minha surpresa, mas havia algo que eu podia fazer e era ir embora. Vi o suficiente por uma noite... Marias Patins no banheiro... Sheila agarrada a Alex a noite toda... e agora isso. Eu não poderia voltar a este mundo. Eu tive o bastante com Derek. Agradeci a Aubrey e Chance por me convidarem e saí, deixando aquele cirurgião perplexo por uma mulher tê-lo realmente dispensado. Chamei um táxi e voltei para casa, para o meu mundo.

Claro que seria solitário. Mas pelo menos não teria que lidar com mais mentiras ou desculpas. Eu suspeitava que Alex estaria cheio delas.

Normalmente, a viagem levaria vinte minutos, mas demorou trinta, devido a uma batida travando o trânsito. Feliz por estar em casa, tirei os sapatos e joguei as chaves e a bolsa em cima de uma mesa na cozinha. Então subi correndo as escadas para o meu quarto e coloquei um pijama.

Que noite infernal.

Com a cabeça latejando, desci as escadas até a cozinha e peguei duas aspirinas de uma garrafa e um copo d'água.

Um zumbido ricocheteou nas paredes.

Não uma vez.

Nem duas vezes.

Mas várias vezes.

— Tudo bem. Tudo bem. Estou chegando. Jesus. — Alguém estava no portão, apertando o botão do interfone. Quem quer que fosse, com certeza estava impaciente. Peguei o telefone na bolsa e olhei para o vídeo de segurança.

Alex.

Meu coração batia de pânico. Falei pelo interfone.

— O que você quer?

— Deixe-me passar pelo portão e vou te dizer.

— Está tarde.

— Você e eu precisamos conversar.

— Não tenho nada a dizer.

— Bem, eu com certeza tenho. — Sua insistência ressoou em sua voz.

— Vá para casa, Alex.

— Não até conversarmos.

Imaginei que ele ficaria lá fora a noite toda até que o fizéssemos, atraindo muita atenção indesejada de meus vizinhos. Olhei para o feed de vídeo novamente. Seu carro havia sumido. Eu não sabia se ficava aliviada ou desapontada.

Minha campainha tocou de repente.

Corri para a entrada e espiei pelo olho mágico. Ora, aquele safadinho. Alex agora estava parado na minha varanda. Ele deve ter usado o código que dei a ele para passar pelo portão anteriormente, quando levei aquela picada de cobra. Eu tinha esquecido completamente sobre mudá-los. Teria que me lembrar de fazer isso mais tarde. Abri a porta, agora tentando descobrir se ficava feliz ou brava por vê-lo.

— Alex, é tarde. Por favor...

Alex baixou os olhos dos meus ombros para baixo da minha cintura, em seguida, pousou em meus seios... em meus mamilos cutucando a fina camada de algodão. Ele levantou seu olhar faminto e encontrou o meu.

— Posso entrar?

Com minha mente girando com emoções confusas, dei um passo para o lado. Ele entrou e me seguiu até a cozinha depois que fechei a porta da frente atrás de nós. Apreensiva demais — eu não tinha certeza do que esse diabo louco diria —, inclinei-me contra a pia. Ele se sentou em uma das minhas novas banquetas no balcão com a camisa desabotoada até a metade do peito, dando-me uma visão deslumbrante de seus músculos tensos e pele bronzeada dourada.

Com a boca seca pela tensão sexual que crescia entre nós, peguei meu copo e bebi um gole d'água, lutando contra a vontade de passar minhas malditas mãos em cima dele.

Erguendo uma sobrancelha perplexa, Alex inclinou a cabeça para o lado e olhou para o meu rosto, seu paletó já havia sumido há muito tempo, seus ombros rígidos e largos.

— Você me largou. Mais uma vez, Madison. — Seu tom combinava com a enorme quantidade de emoções... raiva, mágoa, frustração... irradiando em seus olhos escuros. — Quero saber por quê.

— Eu pensei que poderia fazer isso, mas não posso.

— É por causa de Sheila. Droga, por manter distância de você no evento?

— Parte disso.

Ele pulou do banco e lentamente se aproximou de mim, seus olhos nunca deixando os meus.

— Olha, eu não sentei ao seu lado ou segurei sua mão por causa de suas preocupações expressas. Estamos apenas começando a nos conhecer. Eu não queria correr o risco de nossa amizade ser divulgada ou de você ficar chateada comigo. Não que isso me ajudasse.

— Eu percebi e agradeço por isso.

— Eu queria matar o cara sentado ao seu lado. Sabia disso? — Ele fechou e abriu as mãos. — Odiei o jeito que ele te olhou como se mal pudesse esperar para tirar sua calcinha.

— Bem, Sheila com certeza estava tentando arrancar sua cueca — retruquei bruscamente, minha raiva alimentando meu ciúme.

— Eu gostaria de nunca ter conhecido aquela maldita. Tudo o que ela gosta de fazer é festejar e ficar chapada. Fiquei muito chateado quando a vi pela primeira vez naquele palco hoje à noite. Chance e Aubrey perceberam. Mais tarde, os dois me disseram que, se soubessem que ela seria o entretenimento da noite, nunca teriam nos convidado para ir.

— Não parecia assim para mim quando você estava naquele palco com ela. Você namorou Sheila?

— Acabou antes mesmo de começar. — Alex apertou minhas mãos nas dele e as levou aos lábios, em seguida, beijou cada junta gentilmente. — Escute, eu também não estava feliz com ela por me arrastar até lá. Mas o que diabos eu deveria fazer, Madison? Eu não podia recuar ou pareceria um idiota na frente de todas aquelas pessoas.

— Você tem uma voz incrível. — Meu tom suavizou.

— Quem se importa. Ouça, eu gosto de você, Madison. Bastante. Quero continuar te vendo.

O homem parecia tão sincero. Eu odiava machucá-lo, porque também gostava dele. Bastante. Mas...

— Não posso voltar para o seu mundo onde Marias Patins distribuem boquetes como se estivessem distribuindo doces no Halloween, onde estou competindo com divas do cinema, top models, popstars famosos para chamar sua atenção, onde...

— Bebê, você tem minha atenção, cem por cento dela. — Com seus olhos redondos e azuis, ele me deu um sorriso que me fez querer dar um beijo lento em seus lábios macios.

Mas minha mente estava decidida.

Eu não podia me envolver com Alex, não importava quão adorável ou doce ele fosse comigo. Eu não poderia voltar para aquele mundo.

— Desculpe. Eu simplesmente não posso fazer isso.

Ele murmurou um "foda-se".

— Quando você me disse em Whistler para desistir enquanto eu estava atrás de você, você não estava brincando. Não percebi como seria difícil. Você é assim com todos os caras que conhece?

Abaixei a cabeça e olhei para meus dedos rosados.

— Principalmente com jogadores de hóquei.

— Besteira.

Joguei a cabeça para trás e o encarei.

— Aposto que você é assim com todos os seus relacionamentos. Quando você vai parar de fugir quando as coisas ficarem difíceis e começar a lidar com suas emoções? Tudo o que peço é uma chance.

Suas palavras atingiram um nervo exposto. Ofendida, puxei minhas mãos das dele e o olhei com uma carranca.

— Estou expondo meu coração, Madison. Não sei o que mais posso fazer para provar que te quero. Só você. Ninguém mais.

— Acho que você deveria ir embora. Agora. — Como ele ousa me dizer para parar de fugir ou lidar com minhas emoções.

— Madison?

— Não torne isso mais difícil do que já é.

— Você quer dizer que é difícil para você também, porque você sabe que no fundo eu sou a pessoa certa para você.

— Sim.

— Ah-ha, eu sabia que você gostava de mim. — O canto de seus olhos brilhou em triunfo.

— Eu quis dizer não. Você está misturando minhas palavras — insisti.

— Você não pode correr e se esconder de mim. Trabalhamos no mesmo prédio. Não vou desistir de você.

— Por favor, Alex, sem drama no trabalho. Não podemos fingir que nada disso aconteceu. Não podemos simplesmente ser amigáveis e cordiais um com o outro?

— Cordial? Inferno, isso é para pessoas falsas embrulhadas em plástico. Eu não, coração. — Ele se virou e caminhou em direção à porta da frente. — Boa noite, Madison. Vou seguir seus passos na segunda-feira.
— Ele desapareceu lá fora, deixando-me na minha cozinha, sozinha, com minhas janelas limpas, pisos polidos e uma lágrima escorrendo pelo rosto.

Quem ele pensava que era me dizendo que eu fugia quando as coisas ficavam complicadas? Minhas razões eram justificadas, minhas preocupações válidas. Não eram? Ah, claro que sim. Com esse pensamento, apaguei as luzes, tranquei a porta e subi as escadas correndo para o meu quarto.

Pisquei para conter mais lágrimas. Recusei-me a chorar. Não consegui segurar as comportas, porém, e elas vieram, escorrendo pelo meu rosto.

Eu gostava tanto de Alex que doía.

Mas não do seu mundo.

Ai, não. Nem um pouco.

O fim de semana veio se foi. Na segunda-feira, eu esperava ver Alex entrar em meu escritório e tentar me fazer mudar de ideia, mas ele não mostrou seu rosto bonito e arrogante. Também não o vi na terça ou na quarta. Disse a mim mesma que era o melhor assim, mas, de todo jeito, não pude deixar de sentir falta dele… droga.

Agora era quinta-feira e eu estava de folga. Os móveis finalmente foram entregues e colocados ao meu gosto. Na sala da frente, eu tinha o sofá de couro branco encostado na parede, de frente para o mar com uma mesa de vidro e duas poltronas enormes na frente dela. Abaixo deles, havia um tapete oriental, que acrescentava uma cor muito necessária para aquecer o ambiente. A sala dos fundos era decorada com dois sofás de vime pintados de branco, cada um estofado em listras azuis e brancas.

Enquanto eu colocava um vaso de vidro transparente cheio de tulipas de seda amarelas brilhantes sobre a mesa, meu interfone tocou. Tinha que ser Aubrey e CJ. Confirmei quem era e rapidamente os deixei entrar.

Alguns minutos depois, eu estava levando Aubrey para um rápido tour pela minha casa. CJ nos seguiu, bebendo de uma caixa de suco que dei a ele. Quase parei no meio do caminho com o som cativante de seus pezinhos tamborilando em meu piso de ladrilhos polidos. Cobri a barriga com a mão, mais uma vez com inveja da boa sorte de Aubrey.

— O que está errado? Você está bem? — Vestindo uma saída de praia e sandálias, Aubrey estava no meio do meu quarto, com os olhos arregalados de preocupação.

— Não é nada. — Eu a tranquilizei e ela me arrastou de volta pelo curto lance de escadas até a sala da frente com CJ ao seu lado.

— Você tem um lugar adorável aqui. — Agarrou a mão de CJ e deu-lhe um aperto suave, em seguida, ajustou a alça de uma grande bolsa de praia pendurada no ombro.

— Obrigada. Estou começando a gostar também. Terminei o tour pela casa mostrando a ela a cozinha e a área de estar adjacente.

— Adorei sua nova mobília. E sua vista do oceano é muito melhor que a nossa. Quero que Chance apare nossas sebes na parte de trás, mas ele diz que elas precisam criar raízes mais fortes ou algo parecido antes que ele possa replantá-las na frente de nossa casa. Uau. Essas são as aquarelas de que Alex estava me falando? — Aubrey passou por um sofá de dois lugares e olhou para as pinturas pendurados na parede em molduras feitas de madeira flutuante.

— Quer dizer aquelas que Alex superestimou grosseiramente em sua avaliação do meu talento? — Eu ri.

— Você está errada, Madison. — Negou com a cabeça e continuou a olhar para a minha arte. — Alex estava muito certo. São lindas. Eu adoraria que você desenhasse CJ.

— Tem certeza?

— Absolutamente.

— Bem, nesse caso, vou pegar a caixa térmica e recolher minhas coisas, então vamos começar.

Um minuto depois, meus convidados me seguiram para o meu deck, desceram os degraus e saíram para a praia. Debaixo de um guarda-chuva listrado, deixamos nossos pertences e nos acomodamos nas cadeiras que eu havia preparado para nós no início da manhã. CJ logo começou a trabalhar construindo um castelo de areia com os brinquedos que sua mãe trouxera para ele enquanto eu trabalhava desenhando meu querido modelo. Ele parecia um surfista em formação por trás de seus minúsculos óculos de sol e cabelo castanho-acobreado ao vento quente do Pacífico.

Aubrey pegou duas garrafas de água da caixa térmica e me entregou uma.

— Acredito que lhe devo um pedido de desculpas.

— Mas por quê? — Tomei um gole de água e mergulhei meu pincel em um líquido azul, voltando ao desenho.

— Chance e eu nos sentimos péssimos com o que aconteceu no leilão. Não tínhamos ideia de que Sheila estaria lá ou que cercaria Alex como se ele fosse um grande pote de mel.

— Não se preocupe com isso. Alex já me disse que vocês dois não sabiam.

— Teve notícias dele ultimamente?

— Não. — Suspirei. — Não desde o último sábado à noite, quando eu disse a ele que não queria mais vê-lo, usando essas palavras. Ah, Aubrey, o que vou fazer? Gosto muito do Alex, mas não posso voltar ao mundo dele. Simplesmente não posso.

— Você quer dizer com as mulheres se jogando em cima dele o tempo todo?

— Esta é uma grande parte disso. Como você lida com isso com seu marido? Notei que as mulheres, jovens e velhas, estavam praticamente babando por ele no leilão na outra noite.

— Porque confiamos um no outro o suficiente para saber que nenhum de nós se desviaria. Aquele homem me perseguiu impiedosamente a ponto de eu não poder mais negar meu amor por ele. Dei a ele uma segunda chance de amar e ele me deu a minha... um marido amoroso e um filho lindo. Se você realmente se importa com Alex, guarde esses medos e arrisque-se com ele. Não acho que você poderia encontrar um cara melhor.

Depois, havia a parte de Alex querendo ter seus próprios filhos. Algo que eu duvidava que pudesse dar a ele. Tomei um gole de água para engolir o nó na garganta.

— Acho que é melhor deixar as coisas como estão.

— Que pena. Acredito que você e Alex formariam um ótimo casal.

Talvez ela estivesse certa, mas eu estava muito apreensiva para descobrir e retomei o desenho de seu filho. Estava inesperadamente tendo dificuldades, no entanto... minhas mãos tremiam. Meu coração estava doendo muito por Alex.

ALEX

— Deixe eu ver se entendi direito. Você é louco por Madison e, depois de algumas tentativas fracassadas, já desistiu dela? — Chance correu ao meu lado na praia e enxugou o suor da testa com as costas da mão. — Você não passa de um maldito covarde. Sua bunda deveria estar na porra do escritório dela todos os dias na semana passada.

— Quem diabos disse que estou desistindo? Não a vi porque queria dar-lhe tempo para sentir minha falta.

— Sentir sua falta ou esquecer completamente de você?

— Você não ouviu que longe dos olhos, perto do coração?

— Longe dos olhos, longe do coração — Chance falou, ofegante.

— Ah, porra, meus joelhos estão doendo. Eu tenho que andar. — Reduzimos para a velocidade de um caracol, as ondas frias esfriando meus pés descalços e cheios de areia.

— Cara, se eles doem tanto, como você vai passar por esta próxima temporada?

— Porra, não tenho nenhuma ideia. Ei, cara, como você sabia que eu não tinha visto Madison na semana passada?

— Minha adorável esposa a viu ontem em sua casa. Elas passaram o dia juntos na praia, conversando, enquanto Madison desenhava uma aquarela de CJ. Aubrey mal pode esperar que Madison entregue assim que ela adicionar os toques finais. Ela disse que ficou lindo.

— Isso é ótimo, mas Madison disse alguma coisa sobre mim?

— Tudo o que vou dizer é que você está desaparecendo rapidamente da vida dessa garota. Se realmente se importa com ela, não pode parar de persegui-la.

— Não tenho intenção de parar. Planejo procurá-la mais tarde hoje, depois de terminar o treino e ver o médico da equipe.

— Agora estamos conversando. Então, o que você planeja fazer a seguir? — Chance me lançou um olhar de soslaio por trás de seus óculos de aviador.

— Ainda não tenho certeza. Mas vou pensar em algo. — Gemi, com a dor dando tiros em minhas malditas rótulas.

— Cristo. Se você está sofrendo tanto, por que simplesmente não se aposenta?

— Eu sei. Eu sei. Eu deveria. Droga. A maioria dos jogadores da minha idade já se aposentou. Mas não quero sair como um perdedor depois da última temporada de merda que tive.

— Apenas agradeça por não ter saído aos 24 anos devido a uma maldita lesão no joelho que acabou com a porra da sua carreira.

Estremeci.

— Sinto muito, Chance. Deve ter sido incrivelmente difícil para você.

— Eu superei. Tenho uma linda esposa e filho, uma ótima irmã, e isso é tudo que me importa.

Sim, a família era importante. Eu com certeza gostaria de me estabelecer e começar uma com Madison, estando ela grávida do filho do babacão ou não. As crianças precisavam ser amadas independentemente de quem eram seus pais biológicos.

Suados e com calor, logo voltamos para casa e nos separamos. Com meus malditos joelhos latejando, corri para dentro da cozinha e coloquei alguns ibuprofenos na boca.

Porra.

Eu não queria perder Madison ou me aposentar do hóquei. Amava demais os dois para desistir de qualquer um deles. Caminhei pelo corredor, deixando um rastro de minhas roupas sujas atrás de mim, e parei repentinamente. Meu Deus, eu tinha acabado de dizer que amava Madison. Corri para o chuveiro. O spray quente acalmou meus músculos doloridos, mas não meu choque.

Eu estava apaixonado por Madison.

Nunca tinha me apaixonado de verdade antes.

Mas, foda-se, toda vez que eu pensava que estava fazendo algum progresso com ela, ela recuava e se fechava. Nenhuma outra mulher tinha feito isso comigo antes. As mulheres que conheci — e eram muitas — queriam ficar comigo. Cristo, essa atração instantânea estava se transformando em um inferno de um processo lento.

Quando saí do chuveiro alguns minutos depois e peguei uma toalha, estava em plena exibição para que minha pobre governanta me visse nu.

Seus olhos ficaram grandes e redondos.

— *Mi Cristo* — ela gritou, saindo correndo do banheiro com uma série de palavras em espanhol fluindo em seu rastro.

— Desculpe, Maria — gritei atrás dela. — Não sabia que você estava aí.

Não pude deixar de rir. Não era a primeira vez que isso acontecia. Pessoalmente, acho que iluminou o dia dela, ou ela teria desistido de mim há muito tempo. Sentindo meus joelhos melhor, rapidamente me sequei, coloquei um par de jeans e uma camisa de manga curta, então parti para a arena.

Cheguei logo depois, sem a menor ideia de como abordar Madison. Nada mesmo. Entrei no prédio e percorri o longo corredor até que ele se bifurcou no final. À direita, um corredor dava acesso ao vestiário privativo do time; à esquerda, a administração da arena; e logo em frente, ao rinque.

Caminhei direto pelas portas duplas abertas e olhei ao redor das arquibancadas para ter certeza de que estava sozinho antes de pisar no gelo. O ar frio formou arrepios em meus braços e pescoço, enquanto eu deslizava ao longo da superfície lisa em meus sapatos. Em um canto, me ajoelhei e abaixei a cabeça, inalando anos de suor, jogos e mais vitórias do que poderia contar.

Não conseguia me livrar dessa sensação torturante de que seria cortado hoje. E, depois da temporada de merda do ano passado, eu duvidava que qualquer outro time me aceitasse. Deus, eu sentiria falta da torcida, da emoção de marcar o ponto da vitória, do… Joguei a cabeça para trás com o som repentino de patins raspando no gelo.

Madison estava girando como uma daquelas bailarinas em uma caixa de música aberta. Seu cabelo estava preso em uma trança e ela usava meia-calça preta tipo elastano e um suéter azul solto. Parecia mágica, como sempre, realizando seu giro mundialmente famoso em uma perna com os braços graciosamente esvoaçando como um par de delicadas asas de borboleta.

Uma explosão repentina de medo inundou minha mente.

— Você acha que deveria estar patinando assim?

Ela rapidamente parou no centro do rinque em surpresa e susto. Então olhou ao redor até que me viu caminhando em sua direção.

— De onde você veio?

— Eu estava ali no canto. Então você acha que é uma boa ideia andar de patins assim na sua condição? — O momento havia chegado. Eu tinha que saber.

— Minha condição? — Ela me lançou um olhar confuso.

— Sim, você sabe, sua condição.

— Eu não tenho ideia do que diabos você está falando.

— Eu vi a imagem, Madison. — Lá estava. Eu tinha finalmente revelado.

— Qual imagem?

— Quando estávamos no hotel... no banheiro... vi a imagem do ultrassom de um bebê.

— Você foi bisbilhotar minhas coisas? — Sua voz se enfureceu com raiva. — Como você ousa.

— Estava para fora do seu kit de maquiagem. Não deu para evitar que meus olhos pousassem nele. Então, você está grávida?

— Não — ela retrucou. — Não estou grávida.

— Você estava?

— Não vou discutir isso com você.

— Acho que devemos. — Meu tom endureceu.

— Vá embora, Alex. E me deixe sozinha. — Com os olhos cheios de lágrimas, ela deixou o gelo em dois segundos.

Bem, inferno, isso com certeza não foi bem. Eu não deveria estar surpreso com isso, no entanto. Era típico dela fugir de mim sempre que as coisas se tornavam muito pessoais entre nós. Eu queria ir atrás, mas tinha treino e o médico queria me ver depois. Eu teria que pegá-la mais tarde; deixei o rinque, entrei no vestiário e xinguei baixinho.

— Porra.

Babacão tinha voltado das férias e estava se vestindo. Independente de nossos problemas, enviei uma mensagem rápida para Madison para avisá-la sobre ele, caso ela ainda não soubesse que o infeliz estava de volta e na arena.

Ignorando a dor em meus joelhos, coloquei meu equipamento e completei outra prática leve, acertando o idiota nas costelas sempre que ele intencionalmente batia contra mim no gelo. Ao longo de todos os exercícios, eu mal conseguia suportar a dor. Provavelmente tinha aparecido na minha patinação também.

Droga. Eu estava chateado comigo mesmo. Não deveria ter ido correr mais cedo com Chance. Depois de um banho quente, entrei no consultório do médico da equipe com uma toalha enrolada na cintura e pulei na mesa, zero ansioso por esse exame. Nem um pouco.

Atrás de seus óculos de armação metálica, o doutor entrou e me ofereceu um sorriso empático.

— Parecia que você estava com muita dor lá fora.

— Sim.

— Alex, você continua patinando e mal conseguirá andar quando chegar aos trinta e cinco. Todas as terapias e injeções do mundo não poderão ajudá-lo. Há um limite que seu corpo pode aguentar.

Cristo. Faltavam apenas cinco anos para isso.

— Então, o que você está aconselhando, doutor?

— Eu pegaria meus milhões e encontraria outra coisa para fazer enquanto ainda posso caminhar, correr, esquiar, todas as coisas que você gosta de fazer. — De acordo com nossas visitas habituais, ele me deu uma injeção de cortisona e um relaxante muscular, depois ordenou uma hora de fisioterapia seguida de um banho de imersão de quinze minutos na banheira de hidromassagem.

Sentindo-me mais deprimido com meus malditos joelhos do que quando cheguei à arena, terminei a terapia e meu tempo na banheira, como um bom paciente. Com a cabeça em uma névoa sangrenta, fiquei na frente do armário e coloquei as roupas de volta. Não sabia o que diabos fazer sobre a porra da minha carreira.

Ainda entorpecido e confuso, estava prestes a sair quando o treinador Manovich parou no meio da porta de seu escritório, agitando a mão para que eu me juntasse a ele. Atrás dele estava o médico da equipe.

Bem, merda, isso com certeza não parecia bom.

Endireitando os ombros, entrei e sentei ao lado do médico. Manovich estava sentado atrás de sua mesa grande e brilhante, cheia de livros de estratégias e papéis. Em seu cabelo grisalho, ele se recostou na cadeira de couro gasto e olhou para mim, sua testa franzida pesadamente por muitos anos estressantes de treinamento.

O homem foi meu mentor, meu amigo, mas, o mais importante, meu chefe nos últimos nove anos. Ele não era conhecido por ficar enrolando. Era o tipo de cara direto ao ponto. Conhecendo seu estilo, sentei-me com os pés plantados firmemente no tapete e as mãos espalmadas nas coxas, esperando a maldita bomba cair no meu colo. Eu esperava ser cortado a qualquer segundo agora.

— Acho que você sabe por que te trouxe aqui. Portanto, não há sentido em rodeios. O médico está muito preocupado com seus joelhos. Tenho te observado andar de patins e você está fora de ritmo, Alex. Nós dois sabemos que os novos recrutas da equipe podem te superar.

Jesus. Nada como puxar o gatilho e atirar na porra da minha cabeça. *Por que ele realmente não me diz como se sente?* Mudei meu peso no assento. Agora eu gostaria que ele fosse mais um cara do tipo que fica enrolando.

— Acho que é isso então. — Levantei-me em toda a minha altura, ansioso para dar o fora de lá.

— Calma. — Ele fez um gesto com a mão para que eu voltasse ao meu lugar.

A contragosto, obedeci, imaginando se meu agente já sabia disso.

— Os LA Devils não estariam onde estão hoje se não fosse por você, filho. Você ganhou uma tonelada de dinheiro para esta franquia. O proprietário quer que você fique, e eu também, como treinador adjunto em nossa linha de defesa.

Soltei um suspiro e levei meu tempo refletindo sobre cada palavra que ele havia falado. Era uma merda absorver tudo de uma vez. Mas, honestamente, não via Alex Kane como assistente de ninguém ou de nenhum time. E certamente não com um salário miserável. Se alguém quisesse minha riqueza de conhecimento, teria que pagar muito dinheiro para aproveitar meus anos de experiência e habilidades. Muito dinheiro mesmo.

— De que número estamos falando aqui? — Achei que não custava perguntar.

Não surpreso com minha pergunta, Manovich deslizou um pedaço de papel sobre a mesa em minha direção, como se tivesse antecipado minha pergunta. Merda. Eu odiava ser tão previsível. Peguei e olhei para ele. Havia muitos zeros atrás daquele nove, mas não era o suficiente. Inferno, eles precisariam adicionar mais alguns no final antes que eu considerasse a oferta.

Sem revelar minha decisão, olhei para ele, sem expressão, enfiando o papel no bolso e falando em um tom uniforme.

— Vou pensar sobre. Meu agente sabe?

— Não. Eu queria falar com você primeiro.

— Entendi.

— Você sempre estará em casa com os LA Devils — Manovich acrescentou calmamente.

Sim, mas não na porra do gelo. Claro, eu era um agente livre. Poderia tentar ser contratado por outra equipe por conta própria — sem nenhuma restrição. Mas, neste ponto, tudo que eu queria fazer era correr para a porra da porta.

— Lamento que isso tenha acontecido. — O médico tirou os óculos e limpou as lentes com o lenço, como se meu corte fosse apenas mais um dia de trabalho. — Você era um baita jogador de hóquei.

Era? Sou! Levantei-me, coloquei minha mão na maçaneta, então olhei por cima do ombro para o homem que ordenou minha execução.

— Ei, doutor.

Ele hesitou a princípio em olhar para mim. Mas então o fez com grande relutância.

— S-Sim, Kane?

— Vai se foder. — Saí silenciosamente do escritório e do vestiário com minha carreira de nove anos como profissional e quatro vitórias na Copa Nacional caindo pelo ralo.

Chegando à bifurcação no meio do corredor, vozes altas desviaram minha atenção de meus pensamentos furiosos. Olhei pelas portas duplas abertas que levavam ao rinque e quase tropecei nos pés. Derek apoiava Madison contra um corrimão, suas bochechas queimando com um vermelho-vivo de carro de bombeiros. Se aquilo não era um telefonema para a emergência pedindo ajuda, eu não sabia o que era. Corri para dentro, em direção a eles, ofuscado por seus gritos.

— Acabou. Nunca mais quero ver você. — Madison estava com as pernas trêmulas no chão de borracha, agora com as costas presas ao corrimão.

— Olha, eu cometi muitos erros. Desculpa. Não podemos resolver isso?

— Absolutamente não.

— Harrison, o que diabos você está fazendo? — gritei. — Deixe-a em paz.

— Fique fora disso, Kane. Não é da sua conta, droga.

Olhei para Madison.

— Você está bem?

— Estou bem. — Ela assentiu várias vezes, mas vi o medo em seus olhos e duvidei. — Estávamos terminando nossa conversa. — Tentou sair, mas o idiota a agarrou pelo braço e a puxou de volta.

— Não, não estamos. Nem de longe — rosnou suas palavras.

— Ei, se ela disse que você terminou, então você terminou, idiota. — Estendi a mão para ela, mas o babaca bloqueou meu braço.

— Afaste-se, Kane.

Como se eu fosse me afastar. Agarrei-o pelos ombros e empurrei-o a vários metros de distância de Madison. Cinco centímetros maior que eu, ele veio para cima de mim como um touro bravo. Esquivei-me no momento em que ele deu um soco no meu rosto. Mais do que chateado, agarrei-o pela cintura e joguei-o no chão. Então montei nele, socava sua mandíbula, queixo e olho com meu punho.

Madison tentou me tirar de cima dele.

— Pare com isso, Alex. Pare com isso. Ele não vale a pena.

Com o peito arfando, abri as mãos e pulei de pé.

— Deixe-a em paz.

Cerca de seis anos mais novo do que eu, Harrison cambaleou em toda a sua altura, esfregando a mandíbula ensanguentada com a mão.

— Quem é você, Alex, para me dizer o que fazer? Ouvi dizer que você foi cortado... seu velho.

Velho, meu cu.

— Dê o fora daqui e deixe Madison em paz.

— Não sei o que você vê neste *velhote*. — Harrison olhou para Madison. — E não pense que não sei sobre vocês dois. Há tweets sobre vocês na internet.

Com os olhos arregalados de pânico, Madison rapidamente tirou o telefone do bolso de trás e começou a verificar se o que ele disse era verdade.

Ferido por seu medo obsessivo de sermos vistos juntos, rapidamente dei de ombros e apertei minhas mãos novamente até que os nós dos dedos ficassem brancos, me preparando para outra rodada com Harrison.

— Ouça, idiota, é melhor você sair da minha frente antes que eu chute seu traseiro até Santa Monica.

— Eu estou indo — murmurou. — É uma pena que você não consiga patinar melhor do que socar. — Mancou pelo corredor, sua risada cavando em minha pele. Porra, quem mais sabia que eu tinha sido cortado?

Madison correu para o meu lado.

— Sinto muito que teve que se envolver nisso tudo. Você está bem?

Assenti e endireitei minha mandíbula com a mão machucada.

— Estou feliz por ter aparecido. Ele não te machucou, machucou? — Varri meu olhar sobre ela freneticamente, procurando por qualquer marca preta e azul.

Ela negou com a cabeça.

— Derek nunca me tocou de forma violenta.

— Pelo menos ainda não, de qualquer maneira.

— Ele não passa de alguém que fala muito e pouco faz. — Ela colocou uma mecha do meu cabelo atrás da orelha.

— O que ele quis dizer com aquilo? Você foi cortado?

— Parece que vou procurar outro emprego.

— Alex. — Ela hesitou. — Sinto muito.

— Sente? — perguntei, bruscamente.

— Você sabe que sim.

— Na verdade, não. Acho que você nunca se importou comigo.

— Isso não é verdade. Eu me importo.

— Você com certeza não perdeu tempo checando o Twitter. — Minha raiva alimentou minha mágoa, fazendo minha voz subir duas oitavas.

Madison empalideceu.

— Você não está preocupado com o que está sendo dito sobre nós?

— Eu não dou a mínima para o que foi tuitado. Só me importo com você.

— Não podemos ser apenas amigos?

— Meus sentimentos por você são fortes demais para continuar sendo seu amigo. É tudo ou nada, querida.

— Você está procurando um FPS — murmurou, baixinho.

— Você poderia dizer isso com bastante TSS. — Eu ri sombriamente.

— Apenas não estou pronta ainda.

Sozinho no rinque, puxei-a para meus braços.

— Você está pronta. Só está com muito medo de me deixar entrar. — Deslizei o dedo pela ponte de seu nariz. Seus cílios tremularam enquanto eu embalava sua bochecha na palma da minha mão. — Eu nunca te machucaria ou te engravidaria e depois me afastaria de você. Precisa acreditar nisso.

Com os olhos entreabertos, ela não disse uma palavra, apenas balançou em resposta aos meus lábios roçando os dela. Coloquei a mão dela na minha nuca para firmá-la e continuei absorvendo as sensações eróticas de sua pele... seu despertar sexual... seu hálito quente contra meu queixo.

Madison se abriu para mim com um suspiro. Sua boca quente e sedosa acolheu a invasão da minha língua. Ela se agarrou a mim com mais força, torcendo suas curvas suaves contra meu peito duro e coxas como se estivesse desesperada por mais. Eu definitivamente estava acendendo uma necessidade urgente dentro dela. E ela com certeza estava acendendo um em mim.

Minha respiração ficou mais pesada. Meus beijos ficaram mais rápidos. Mais profundo. Mais forte. Um gemido de dor e paixão deixou seus lábios.

Inalando seu doce perfume floral, deixei escapar um gemido baixo e quebrei o beijo antes de acabar arrastando-a para trás das arquibancadas e fazendo o que queria com ela. Madison escondeu o rosto na minha camisa e enrolou os dedos em volta do tecido de algodão. O som do meu coração batendo forte rugia em meus ouvidos.

— Estou cansado de jogar com você, Madison — sussurrei, irregularmente, em seu ouvido. — Mostrei todas as minhas cartas, e você não me deu nada além de desculpas e omissões. Quando estiver pronta para um relacionamento sério com um cara louco por você, me ligue.

Sem me preocupar em olhar para trás, me afastei pelo corredor e saí pela porta, deixando para trás o que poderia ter sido uma coisa muito boa... para nós dois.

Assim que cheguei em casa, decidi visitar Chance. Já que planejava ficar bêbado, pensei que poderia fazê-lo com um bom amigo. Assim que entrei pela porta da frente de Bateman, Pixy me cumprimentou. Como aquele bode sabia que eu precisava de um berro amigável estava além de mim. Abaixei-me para acariciá-lo, e o maldito animal lambeu meu rosto, seu pelo fazendo cócegas em meu nariz e bochecha. Quando tentei me afastar, ele pulou em cima de mim.

— Tudo bem, você pode ser meu companheiro de bebida também. — Agarrei-o pelo colarinho, e passamos por um labirinto de brinquedos no chão e encontramos Chance no convés. Ele tinha uma gelada esperando por mim.

— Cara, parece que você precisa de uma. Tudo bem?

Afundei em uma cadeira ao lado dele com Pixy se enrolando em uma bola aos meus pés.

— Acabou, cara. Finalmente fui convidado a me retirar.

— Sinto muito por ouvir isso. Alguma possibilidade de troca?

— Falei com meu agente e ele disse que me daria notícias sobre isso. No entanto, eu sinceramente duvido. Não depois da maneira como joguei na última temporada. Manovich, no entanto, quer que eu continue como assistente técnico.

— Acha que vai aceitar?

— Não sei se tenho paciência para isso. — Tomei um gole de cerveja, desesperado por algo mais forte. Como uma garrafa inteira de bourbon.

— Bem, um brinde aos dias melhores que virão. — Ele bateu sua garrafa contra a minha.

Inclinei a cabeça para trás e engoli outro gole de cerveja. Então olhei em volta e respirei o ar fresco do mar.

— Onde estão Aubrey e CJ?

— Resolvendo umas coisas. Devem voltar em breve. Como vão as coisas com Madison?

— Bem, descobri que ela não está grávida.

— E?

— E, quando a sondei para obter mais informações, ela se recusou a falar sobre isso.

— Então o que aconteceu?

Rapidamente contei a ele sobre minha briga com o idiota e o segundo encontro que tive com Madison imediatamente depois.

— Então você desistiu dela? — Sua sobrancelha se ergueu.

— Há um limite para o que um homem pode aguentar, Chance. E cheguei a esse ponto. O disco agora está do lado dela, por assim dizer.

— Espero que ela tome uma atitude, pelo seu próprio bem. Alguma ideia do que vai fazer agora?

— Pretendo beber por uma semana. Então decidirei se aceitarei o cargo de treinador. — E com isso dito, terminei minha cerveja, peguei mais algumas na geladeira de Chance e voltei para o meu lugar, entregando-lhe uma.

Ele tomou um longo gole, olhando para as ondas brancas.

— Outra coisa que você poderia fazer é mandar tudo se foder e sair com sua Harley e fazer uma viagem atravessando o país.

— Pode não ser uma má ideia também. — Inclinei-me para trás na cadeira e girei a bebida na mão. Que dia de merda. Fui cortado e estava perdendo Madison. Cristo, as coisas poderiam ficar piores? Engoli minha cerveja em cinco goles.

— Vamos comer bifes no jantar mais tarde. Quer se juntar a nós?

— Não acho que receber um convidado embriagado para jantar seja uma boa ideia.

— Provavelmente não.

Cerca de quatro a seis cervejas depois, ou talvez fossem oito, deixei Chance e voltei para minha casa. Minha fase de sentir pena de mim mesmo estava apenas começando, pelo que eu sabia, e peguei outra cerveja na geladeira. Levantei a garrafa e fiz um brinde.

— Me fodi.

Meu celular vibrou contra minha cintura. Soltei-o e pisquei para ele algumas vezes. Meu velho estava ligando. Eu ri. Eu era um velho agora, também, para o hóquei. Atendi, tentando não enrolar as palavras, mas falhei miseravelmente logo no início.

— E-ei, p-pai.

— Você está bêbado, filho?

— S-sim.

— Eu estava ligando para saber como você está. Faz um tempo que não nos falamos. Parece que as coisas podem não estar indo muito bem.

— N-não.

— Eles… eles te dispensaram?

— Sim.

— Sinto muito. Bem, tome uma boa bebida. Então, quando a poeira abaixar, volte para casa, filho. Que saudades de você.

Agradeci e joguei meu celular sobre a mesa, desesperado para não pensar em Madison ou em como teria sido bom levá-la para casa para conhecer minha família. Agora, sentindo ainda mais pena de mim mesmo, atravessei a sala até o armário onde guardava minha melhor bebida. A cerveja não estava mais fazendo efeito, mas um Bourbon caro faria. Quando peguei a garrafa do armário, o maldito telefone vibrou.

Jesus. De novo não. Peguei e atendi imediatamente assim que vi que era meu agente me ligando.

— É melhor que seja bom, Frank, porque estou prestes a abrir uma garrafa muito cara de Bour-bourbon.

— Bem, pare de beber. Desde que nos falamos pela última vez, os telefones começaram a tocar como se eu estivesse dirigindo um serviço de acompanhantes sofisticado. Você está em alta demanda, Alex. Dizem que você foi cortado. Estou recebendo ligações de outras equipes querendo te recrutar.

— De onde? — Sentei-me no sofá, mas minha empolgação logo perdeu gás como um refrigerante acabando, uma vez que ouvi Frank recitar os locais:

— Detroit, Toronto, Nova Jersey… — Sua voz foi sumindo.

Sentei-me lá e esfreguei meu rosto carrancudo. Eles tinham os piores times da liga. Sem falar que eu estaria congelando pra caralho em qualquer um desses lugares se decidisse jogar lá.

— T-tenho que pensar sobre isso.

— Agendei uma coletiva de imprensa para você na próxima terça-feira para anunciar oficialmente sua saída do LA Devils. Acha que aceitará a oferta de técnico?

— Quem diabos sabe.

— Bem, quando vier para a coletiva, é melhor não parecer um bêbado miserável, mas um vencedor de quatro Copas Nacionais que fez a barba.

— Tudo bem, F-Frank. — Minha cabeça começou a latejar, como se alguém tivesse acabado de bater nela com a porra de uma marreta. — Estarei lá.

— Bom. Agora vá tomar um banho frio e fique sóbrio.

Desliguei a ligação e olhei para a garrafa de Bourbon ainda na minha mão, depois para o rugido do Pacífico através das portas de correr de vidro. *Jogar hóquei e congelar minha bunda vivendo em um clima frio ou ficar no paraíso, desempregado, vivendo com meus investimentos?* Tudo o que eu sabia fazer na vida envolvia hóquei. Porra. Eu gostaria de saber o que mais queria fazer além de estar com Madison.

Coloquei o uísque na mesa e apertei os lábios, me lembrando daquele beijo. A atração entre nós teria se tornado um incêndio seriíssimo se eu não tivesse me afastado dela quando o fiz na arena. Eu poderia dizer que ela queria mais. O lado arrogante de mim disse que eu teria uma resposta em breve. O meu lado vulnerável temia que ela nunca me contatasse e eu a tivesse perdido para sempre.

Bem, inferno, neste ponto, eu não tinha nada a perder e joguei todas as minhas fichas no pote, apostando que ela me pagaria dentro de uma semana. Então me levantei do sofá e fui para o chuveiro, deixando para trás a garrafa de uísque na mesa... ainda lacrada e fechada.

MADISON

Dirigindo com a capota abaixada em meu Mercedes novinho em folha, sentei-me ao volante um tanto atordoada. Fiquei ali naquele rinque gelado por algum tempo depois que Alex me deixou.

Eu queria ir atrás dele.

Queria me jogar em seus braços e beijar seu rosto divino esculpido de sua sobrancelha presunçosa até seu queixo firme e arrogante. É claro que meus medos me impediram, assim como Alex disse que fariam.

Mas eu não era ousada... especialmente depois de conviver com Derek.

Também não gostava de enfrentar problemas... Herdei isso dos meus pais.

E odiava estar no centro das atenções quando não estava no gelo... Eu nasci assim.

No entanto, apesar de tudo... apesar de Alex conhecer meus medos e presumir que eu estava grávida, ele ainda veio atrás de mim.

Qualquer outra mulher teria corrido atrás dele. Infelizmente para mim, eu não era nenhuma outra mulher. Era a maior medrosa do mundo.

Realmente sentia falta de conversar com Staci sobre esse tipo de coisa. Se ao menos eu pudesse falar com ela... Talvez desta vez eu o fizesse. Tentei ligar pela quarta vez em seu celular, mas ainda sem sorte.

Um minuto depois, meu telefone tocou.

Parando em um sinal vermelho, olhei para o identificador de chamadas. Finalmente. Rapidamente li a mensagem de texto de Staci:

> Ei, miga, ainda no Havaí com Pierre. Estamos fazendo tirolesa em Haiku. Ligarei para você em alguns dias. Uhuuul!!!

Argh. Por alguns dias? Eu não podia esperar tanto tempo. A luz ficou verde. Antes de entrar na estrada, olhei para a pintura embrulhada no banco da frente ao meu lado. Talvez Aubrey falasse comigo. Disquei o número dela. Depois de três toques, sua voz ecoou em meu ouvido:

— Oi, Madison.

— Oi, Aubrey. Terminei a aquarela do CJ. Queria saber se eu posso passar no meu caminho para casa e deixar aí?

— Ah, com certeza. Isso seria bom. Por acaso você já comeu?

— Não. — Eu não tinha comido nada o dia todo. Depois de ver dois homens brigando por mim, depois do ultimato de Alex... era tudo ou nada... A última coisa em minha mente era pensar em comida.

— Então você deve vir e ficar para o jantar também. — A insistência e alegria de Aubrey ressoou em meus pensamentos. — E não vou aceitar um não como resposta.

— Tem certeza?

— Absoluta.

— Tudo bem. Estarei aí em cerca de dez minutos.

— Ótimo. Vejo você em breve.

Saí da rodovia, virei em uma estrada e quase liguei para Aubrey de volta para cancelar. E se Alex também estivesse lá? O que eu lhe diria se ele fosse? Eu sabia que realmente o machuquei, mas ainda tinha aqueles malditos medos e dúvidas sobre ser capaz de confiar nele.

Desesperada para me livrar deles, logo cheguei aos Bateman. Estacionando em frente à casa de três andares, peguei a pintura, saltei do carro e caminhei pela passarela pavimentada ladeada por plantas perenes vermelhas e brilhantes dos dois lados. O gramado e as sebes foram bem cuidados. De acordo com Alex, a empresa de paisagismo de Chance dobrou de tamanho alguns anos atrás. Depois de olhar para seu jardim incrível, pude ver o motivo.

De pé na varanda, levantei a mão com hesitação e toquei a campainha. *Por favor, Alex, não esteja aqui.* A porta se abriu e CJ me cumprimentou com um grande sorriso em seu rostinho querido. Suas bochechas com covinhas eram tão fofas que eu queria apertá-las.

— Oi, Manson — cantarolou.

Aubrey ficou atrás dele e deu a CJ um sorriso gentil que só uma mãe poderia dar ao corrigir uma criança.

— Não, querida. O nome dela é Madison. — Convidou-me para dentro. — Você tem que perdoar meu filho.

— Não seja boba. Ele é adorável.

— Como você sabe, ele chama Alex de Ax — comentou, em voz baixa que só eu pude ouvir. — Espero que comece a aprender a pronunciar as letras em breve, ou as pessoas podem pensar que ele está gosta de assassinos que usam machado e assassinos em série.

Nós compartilhamos uma risada silenciosa. Então ficamos sérias e olhei ao redor da sala de estar, admirando todas as peças de arte feitas de lixos exibidas nas prateleiras e nos cantos.

— Foi o Chance que fez isso?

Aubrey assentiu e sorriu com orgulho.

— Uau. Elas são muito legais. Eu adoraria ver mais de sua arte em algum momento. Ah, esqueci, isso é para você.

Aubrey desembrulhou a aquarela e ergueu a pintura de CJ brincando na praia. Seus olhos brilharam de emoção.

— Madison, que lindo. Mal posso esperar para Chance ver isso. Muito obrigada. — Ela me deu um abraço rápido.

— De na… aaargh! — Algo inesperadamente se esfregou contra a frente das minhas pernas. Olhei para um bode caindo de lado no chão, parecendo que tinha morrido. — Ai, meu Deus, eu sinto muito. Ele está bem?

— Ele está bem — Aubrey me assegurou com um sorriso. — Ele desmaia quando se assusta. É por isso que são chamados de bodes desmaiados.

— Um bode desmaiado? Nunca ouvi falar antes. Ele é adorável. — Abaixei-me e acariciei-o entre as orelhas, trazendo-o de volta à vida. Ele ficou de quatro e me deu um beijo na boca, seu pelo fazendo cócegas em meu queixo. — Ele é fofo demais. — Levantei-me e segui Aubrey e CJ até a cozinha. — Qual o nome dele?

— Esmeralda Snowflake, mas nós o chamamos de Pixy para abreviar, não é, CJ?

Ele assentiu e ergueu os bracinhos.

— Colo, mamãe, colo.

— Posso segurá-lo?

— Claro.

Peguei CJ em meus braços, todos os trinta e poucos quilos dele.

— Ah, você é um menino tão grande e forte. — Fiz cócegas nele, que soltou uma risadinha, que foi doce música para meus ouvidos.

— O jantar está pronto. Chase está esperando por nós lá fora. É melhor irmos antes que ele devore uma vaca de tanta fome.

Uma risada silenciosa escapou de mim quando me lembrei da coisa que Alex e eu tínhamos entre nós sobre touros e vacas. Eu não o via desde que ele saiu do rinque, cerca de seis horas atrás, e estava preocupada. Ele parecia tão oprimido e derrotado depois que descobriu que havia sido cortado. E nosso encontro certamente não o ajudou em nada.

— Antes de irmos, preciso saber, Alex também está por aí?

— Não. — Aubrey balançou a cabeça e jogou fora o papel de embrulho no lixo.

Soltei um suspiro, grata por ele não estar.

— No entanto, ouvi sobre o que aconteceu hoje cedo entre vocês dois na arena. Alex tinha parado mais cedo hoje e contou para Chance enquanto tomavam uma cerveja. Na verdade, várias cervejas.

— Eu me preocupo tanto com Alex, mas não sei o que fazer — comentei, em pânico. — Não sei se aguento...

— Só há uma coisa que você pode fazer, querida.

— O quê?

— Confie no seu coração. Eu fiz e acabei me casando com um homem maravilhoso. — Aubrey deu um tapinha gentil em meu braço. — Agora é melhor sairmos antes que a comida esfrie.

Com suas palavras ecoando em minha mente, CJ e eu seguimos Aubrey para fora no convés com Pixy trotando ao nosso lado.

— Chance, você tem que olhar esta pintura. — Aubrey ergueu para ele ver.

Seus olhos marcantes brilharam da mesma forma que os de sua esposa quando ela o viu pela primeira vez.

— Madison, você realmente capturou nosso filho.

— Estou feliz que tenha gostado. Vocês dois precisam me contar mais sobre Pixy. Como você surgiu com um nome como Esmeralda Snowflake e...

— A oferta para acompanhá-lo para o jantar ainda está de pé? — Com a barba por fazer, o cabelo todo bagunçado, Alex subiu no convés, vestido com jeans desbotados e uma camiseta esticada até a capacidade máxima. O homem ainda parecia um gostoso, apesar do dia terrível que teve.

Pixy trotou até ele, abanando o rabo minúsculo.

Fiquei ali congelada e segurei CJ mais apertado nos braços, com meu estômago revirando em nós.

Aubrey e seu marido olharam para ele com espanto.

— Achamos que você já estaria bêbado agora — disse Chance, surpreso, parecendo um pouco embriagado, agora que eu sabia que ele havia compartilhado várias cervejas com Alex antes.

— Eu estava no meio do caminho quando meu agente me ligou. Aparentemente, a palavra se espalhou sobre mim. Aparentemente, estou em alta demanda.

— Incrível, companheiro. Pegue um prato e puxe uma cadeira. Há um bife extra na grelha.

Alex me avistou e ergueu a sobrancelha.

— Madison?

Falando sobre estar desconfortável e em estado de choque, eu me vi gaguejando.

— E-eu vim deixar minha pintura em aquarela de CJ e…

— E eu a convidei para ficar para o jantar. — Aubrey largou a pintura e correu para tirar CJ dos meus braços. — Alex, ela acabou de perguntar a história sobre como Chance e eu ficamos com Pixy. Por que você não conta a ela? — Ela virou o olhar para o marido e sacudiu a cabeça em direção à porta de vidro aberta. — Q-quero que você entre comigo. Preciso da sua ajuda com uma coisa na cozinha.

— Agora? — Ele franziu a testa.

— Sim. Agora.

— Mas estamos prestes a…

Os olhos de Aubrey se arregalaram.

— Ah. Sim. Certo. — Percebendo o que ela queria dizer, ele lançou a Alex um tipo de olhar de boa sorte e desapareceu lá dentro, com Pixy galopando atrás, mas não antes de primeiro pegar da mesa os pratos dele e de Aubrey carregados cada um com uma batata assada embrulhada em papel alumínio e um bife quente escaldante.

Alex esfregou o rosto barbeado com a mão.

— Isto é estranho.

Com os olhos semicerrados, encarei-o e assenti.

— Só um pouco.

Pegando um prato, ele se serviu de um bife e uma batata assada na grelha. Então se sentou à minha frente em silêncio e juntou sua faca e garfo nas mãos, sem se preocupar em me fitar. Nem mesmo um vislumbre.

— Essa é uma ótima notícia sobre outras equipes quererem recrutá-lo. — Meu estômago era uma malha de nervos em carne viva, eu mal conseguia comer minha refeição.

— Sim. Pelo menos alguém me quer. — A mágoa brilhou em seu rosto como uma fita adesiva em grandes letras pretas em negrito.

Uma onda de culpa tremenda tomou conta de mim.

— O-O que você acha que vai fazer?

Sob o sol poente, Alex empurrou o prato à sua frente, com força, fazendo com que os talheres batessem contra o vidro.

— Não consigo fazer isso. Ou seus sentimentos mudaram por mim ou não. Diga-me agora, porque não posso ficar sentado aqui nem mais um minuto e bater um papo cordial com você.

Eu queria falar com ele. Dizer a ele o quanto me importava, mas meus medos me deixaram sentada ali, paralisada e incapaz de falar.

— Ainda com medo, pelo que vejo. Por que isso não me surpreende? — Balançando a cabeça, Alex levantou-se da mesa e desapareceu escada abaixo.

Naquele momento, de repente percebi que a vida seria muito melhor com ele do que sem ele. Pulei de pé e desci as escadas, chamando-o.

— Espere, Alex. — Alcancei-o e coloquei a mão em seu braço, impedindo-o de passar pelo portão aberto que levava a um amplo cais de areia que separava sua casa dos Bateman.

Ele me fitou, parecendo uma tela em branco sem qualquer traço de tinta, exceto pelas manchas cinza piscando em seus frios olhos azul-escuros.

— Eu me sinto péssima, Alex. Não apenas sobre esta manhã, mas também pela maneira como te tratei.

— Ok. Ótimo. Boa noite. — Alex tentou sair, mas dei um puxão suave em seu braço; só que, desta vez, ele se livrou de mim e me deixou parada ali sozinho na propriedade dos Bateman.

No entanto, desta vez, recusei-me a fugir do conflito. Confiando em meu coração, corri atrás dele novamente e gritei alto o suficiente para que me ouvisse por cima das ondas fortes:

— Alex, quero ser o sua primeira e única Maria Patins.

Ele parou no meio do caminho de um banco de areia, virou-se e encarou-me.

— Isso significa que você é minha fã número um?

Ofegante, alcancei-o e parei na frente dele com a mente clara e o coração pesado.

— Significa que quero ter um relacionamento exclusivo com você.

Ele me puxou para seus braços e sussurrou em meu ouvido:

— Você levou apenas sete horas para decidir isso. Eu estava apostando em uma semana.

— Ah, só você. — Oprimida com pura alegria, pressionei-me contra ele e inalei seu cheiro de mar fresco e salgado e colônia picante.

Com a boca cobrindo a minha, Alex me deu um beijo longo e apaixonado cheio de ternura e a promessa de um grande futuro para mim e para ele juntos.

Em pouco tempo, ele me colocou sentada em seu colo em um grande sofá em sua sala de estar, me beijando novamente.

— Então me diga, Madison, o que fez te mudar de ideia?

— Percebi que você estava certo. Eu estava deixando meus medos atrapalharem a ideia de ter um homem incrível em minha vida.

— Você acha que eu sou incrível?

— Ai, sim, especialmente na cama. — O calor subiu pelo meu pescoço e provavelmente coloriu minhas bochechas de um vermelho ardente. Eu não podia acreditar que tinha dito isso em voz alta.

Alex balançou de tanto rir, entrelaçando os dedos no meu cabelo.

— Sabe, você ainda não mencionou nada sobre a imagem do ultrassom daquele bebê.

Aqui veio a parte mais difícil para mim. Sob o olhar paciente de Alex, soltei um suspiro, tentando descobrir uma maneira de contar. Este era o meu segredo mais profundo e sombrio que apenas duas outras pessoas sabiam.

— Lembre-se de que você pode me dizer qualquer coisa. — Alex me deu uma piscadela tranquilizadora. — Não estou aqui para julgá-la, apenas para apoiá-la.

— E é por isso que me importo com você, Alex. Muito. É apenas difícil para mim falar sobre isso. Ninguém mais sabe… exceto Staci e…

— O Babacão?

— Sim. — Assenti lentamente. — Como você sabe, eu estava em um relacionamento com ele, que me disse que éramos exclusivos. Que eu era especial. Falou em casamento e filhos. Como uma tola, acreditei nele. Fiquei grávida. Fui até a casa dele para contar a novidade e o encontrei na cama não com uma mulher, mas com três!

Os olhos de Alex se arregalaram.

— Três?

— Sim. — Balancei a cabeça. — Nosso rompimento estava em toda a Internet, nos tablóides, nos noticiários. Claro, ele disse que era eu quem o estava traindo e nada foi mencionado sobre eu tê-lo encontrado na cama com várias mulheres. Minha vida era um pesadelo, mas eu ainda queria o bebê, embora ele não quisesse nada com isso. Ou comigo.

A mandíbula de Alex se apertou. Seus punhos cerrados. Ele parecia querer matar o bastardo.

TARA L. JAMES

— Mas então — acrescentei —, eu perdi o bebê. Sofri um aborto. Chorei por semanas depois disso.

Alex passou um braço em volta do meu ombro e me puxou para perto de si. Ele enterrou o rosto nas mechas soltas do meu cabelo e esfregou sua bochecha contra a minha.

— Sinto muito, Madison. Quando tudo isso aconteceu?

— Dezembro passado. Eu estava grávida de três meses. Tinha acabado de assinar aquele maldito contrato com a arena. Lágrimas se acumularam em meus olhos. Minha voz tremeu. — Tudo o que eu sempre quis foi ter minha própria família. Alguém para amar e que me amaria. Ter uma casa cheia de risos infantis.

— Engraçado. — Ele jogou a cabeça para trás e me olhou. — Eu também estive procurando a mesma coisa.

— Sim, mas não sei se algum dia poderei ter filhos. — Soluçando baixinho, deixei a cabeça cair e a balancei em completo e absoluto desespero.

Alex ergueu meu queixo com o dedo indicador e secou meu rosto com o polegar.

— Sabe, sempre podemos adotar.

— Nós? — Pisquei em meio a um borrão de lágrimas, sem ter certeza se o tinha ouvido corretamente.

— Sim, nós... isto é, se você me aceitar.

Cheia de alegria, passei meus braços em volta dele e cobri seu pescoço com beijos.

— No minuto em que te conheci, perdi meu coração para você — Alex murmurou em meu ouvido. — Eu amo você, Madison. Quero encher esses quartos com suas coisas e envelhecer com você. Mas há uma coisa que você deve saber.

Eu congelei sem ter certeza se queria saber, porém, mais uma vez, aquela voz na minha cabeça me disse que eu precisava parar de fugir dos problemas pessoais e enfrentá-los. Respirei fundo para ganhar coragem antes de perguntar:

— O quê?

— Não tenho cem por cento de certeza se quero me aposentar do hóquei. Eu sou um agente livre. E, como você sabe, outras equipes agora estão olhando para mim. Você aguenta ser casada com um jogador de hóquei?

— Estou disposta a correr o risco... Espera. O que você disse?

— Você consegue lidar com o fato de ser casada...

— Sim. Posso lidar com o fato de ser casada com um jogador de hóquei, desde que ele seja você. — Explodindo de felicidade, sufoquei seu rosto em beijos.

— Não estou te apressando a marcar a data do casamento — completou, com uma risada. — Podemos levar as coisas devagar, se quiser.

— Um ano é muito tempo?

— Só é muito tempo se eu não puder fazer certas coisas com você pelos próximos doze meses. — Respirando com dificuldade, Alex traçou a ponta de sua língua ao redor da minha orelha.

— Então é melhor começarmos agora. — Capturei seus lábios com um beijo rápido e gostoso.

— Eu amo o jeito que você pensa.

— E eu te amo.

— Te amo mais. — Alex me levantou do sofá e me carregou para seu quarto. Ele soltou os braços e colocou meus pés no chão, seus olhos ficando escuros, seu pau duro esfregando contra meu estômago. — Faz muito tempo desde a última vez que tive você. Não sei por onde começar.

— Eu sei. — Puxei a bainha de sua camisa para fora de sua calça jeans e tirei-a sobre sua cabeça, jogando-a nas costas de uma cadeira. Então corri as mãos sobre seus músculos bronzeados e dourados, o calor de seu corpo queimando quase em uma intensidade febril sob meus dedos. Quando estendi a mão para o primeiro botão de sua calça jeans, ele a empurrou e negou com a cabeça.

— Minha vez. — Alex tirou meu suéter e meu sutiã em dois segundos. Ficou de joelhos e segurou meus seios pequenos em suas mãos grandes. — Cara, eu senti falta desses bebês. — Chupou um mamilo, fazendo-o ficar duros, então jantou o outro. Ficou mudando entre os dois, enviando um tsunami de sensações quentes entre minhas coxas.

Com o corpo totalmente inflamado, corri os dedos descontroladamente por seu cabelo e ele tirou meus sapatos e puxou minha meia-calça e calcinha.

Um homem em chamas, ele me empurrou de costas no meio da cama, meus apelos para se apressar enchendo o ar. Rapidamente separou minhas pernas e rastejou entre elas de bruços ao longo das cobertas até que sua boca cobriu minha carne latejante.

— Também senti falta disso — Alex gemeu.

Engoli em seco e lutei para respirar.

TARA L. JAMES

— Eu amo, amo, amo sua boceta. — Sua voz era profunda e rouca, ele me lambeu várias vezes, inserindo um e depois dois dedos dentro do meu sexo pulsante.

Uma onda repentina de eletricidade passou por mim. Eu queria pular da cama, mas Alex enfiou os braços por baixo e ao redor dos meus quadris, me segurando, sua língua e dedos ainda fazendo uma mágica inacreditável dentro de mim.

Bati os punhos no colchão. Meus choramingos logo se transformaram em um grande gemido quando Alex saiu da cama e se ergueu. Com os músculos do estômago ondulando, ele tirou os sapatos e a calça jeans, exibindo uma imensa ereção.

Com o pulso acelerado de antecipação, molhei os lábios e subi na cama. Os mais de um metro e oitenta, mais os músculos masculinos sólidos de Alex me cobriram, enquanto ele dirigia seu pênis profundamente dentro de mim.

— Ai, meu Deus. Sim. Enrole sua boceta quente e apertada em volta de mim. É tão bom te sentir. Não sei dizer se estou no céu ou no inferno.

— Já que você é um demônio delicioso e sujo que dá beijos celestiais, eu diria que você está em ambos.

— Venha aqui. — Esmagou seus lábios contra os meus e se moveu mais rápido dentro de mim.

De repente, congelei com as mãos segurando seus ombros.

— Alex, pare.

— Qual é o problema? — Ele puxou várias respirações curtas.

— Você não está usando camisinha.

— Você não está tomando pílula?

Neguei com a cabeça.

— Ô, bebê, eu gostaria de poder te foder sem nada. Mas vou colocar. — Ele tentou sair de cima de mim, mas enrolei minhas pernas nas dele e o impedi. — Madison, querida, o que você está fazendo?

— Não pare, Alex.

— Tem certeza? — Ele se moveu dentro de mim até que a ponta de seu pênis tocou meu ventre. — Você gosta disso, não é?

— Você sabe que gosto.

— Quer que eu faça isso de novo?

— Sim!

Ele fez isso repetidamente.

— Preciso muito de você.

— Alex, ai, Deus, você é tão bom.

— No segundo em que te vi, quis fazer bebês com você. Sei que parece loucura, mas é a verdade, juro por Deus. Vamos tentar fazer um juntos. Agora. Diga sim.

— Eu quero, mas olha o que aconteceu da última vez que eu disse sim para um cara.

— Bem, ele levou você no dia seguinte para olhar os anéis de noivado? Ele planejou te convidar para conhecer a família dele? Ele pediu para você se mudar para a casa dele? Inferno, eu vou me mudar para onde você mora. O que você quiser.

Radiante de alegria, neguei com a cabeça e cobri seu rosto com uma dúzia de beijos.

— Não, ele não fez nenhuma dessas coisas.

— Então, amanhã de manhã, a primeira coisa que faremos é encontrar um anel de noivado para você. Ou melhor ainda, à tarde.

— Por que à tarde?

— Porque, quando acordar, quero aproveitar a manhã estando com você sozinha e nua na cama.

— Você quer dizer assim? — Arqueei minhas costas, pressionando os seios em seu peito duro, e balancei embaixo dele. Um gemido baixo o deixou.

— Está mais para isso. — Ele fundiu seus quadris com os meus, nos esfregando, disparando um prazer incrível através de mim. Oprimida pelo poder do orgasmo em erupção dentro de mim, me agarrei a Alex e gemi seu nome várias vezes até que cada centímetro do meu corpo brilhasse em puro deleite.

— Madison. — Ele respirava pesadamente. — Querida, tem certeza disso?

Eu sabia o que ele estava me perguntando. Estava me dando uma chance de mudar de ideia, mas eu queria tanto quanto ele.

— Sim — afirmei, asperamente. — Ai, sim.

Sem outra palavra, Alex se moveu dentro de mim mais rápido até que inclinou a cabeça para trás, as cordas em seu pescoço apertadas. Com o corpo estremecendo, gozou e gemeu meu nome.

— Mal posso esperar por amanhã de manhã — avisei, alguns minutos depois com sua cabeça apoiada em meu ombro.

— Confie em mim, você não terá que esperar tanto tempo.

— Sua resistência é inacreditável. — Beijei o topo de seu cabelo grosso.

— E você é insaciável — ele brincou e enviou uma trilha quente de beijos pelo meu pescoço.

Eu não queria ir ao hotel com Alex para participar com ele de sua coletiva de imprensa. Mas ele insistiu. Eu não passava de uma pilha de nervos à flor da pele enquanto permanecia bem de lado e fora de vista, observando-o sentar-se naquele palco improvisado e responder a uma pergunta após a outra dos repórteres que lotavam o grande salão. Periodicamente, flashes disparavam das câmeras, quase cegando Alex e seu agente, Frank Peterson.

Fiquei tão orgulhosa dele pela maneira como lidou com as perguntas. De boa vontade, ele também convidou Manovich para comparecer e responder algumas.

— Alex sempre será um dos grandes, na minha opinião — declarou Manovich, com orgulho. — Nós o oferecemos para permanecer no LA Devils como um de nossos treinadores assistentes.

— Aceita o emprego, Alex? — um repórter gritou.

— Se me permite responder a isso — Peterson interrompeu —, nada ainda foi decidido.

— Você vai se aposentar, Alex, ou vai se inscrever em outro time?

— De novo — interrompeu o agente —, nada ainda foi decidido.

— Alex, os rumores são verdadeiros? Você e aquela medalhista olímpica de prata, Madison Clark, estão se vendo? — uma mulher bonita perguntou, parada na frente do palco improvisado.

Alex foi fiel à sua palavra e sorri, meu anel de noivado brilhando no meu dedo esquerdo.

— Se estão, como Derek Harrison se sente sobre isso? — outro perguntou.

— Calma, pessoal. — Alex tomou um gole rápido de água. — Primeiro, os rumores são verdadeiros. Estamos nos vendo. Em segundo lugar, não dou a mínima para o que Harrison pensa sobre isso. Eu não confiaria nele com um cachorro. Ele maltratou a senhorita Clark terrivelmente.

Peterson pôs-se de pé de um salto. Sua voz explodiu no microfone, interrompendo uma dúzia de repórteres no meio de suas perguntas.

— Obrigado a todos por terem vindo. Isso conclui nossa coletiva de imprensa.

O resto do que foi dito foi um borrão para mim. Tudo o que pude fazer foi ficar lá e sorrir com orgulho para Alex... por anunciar que estava comigo, por me defender e colocar o idiota em seu lugar. Depois que a multidão diminuiu e Alex disse algumas palavras de despedida para seu agente e ex-treinador, ele me levou por uma saída que dava para um estacionamento VIP atrás do hotel, onde o gerente prometeu que os repórteres não teriam acesso.

Corremos para dentro do jipe de Alex para evitar sermos detectados pela multidão de fãs que se alinhava na rua da frente, esperando para vê-lo. Com as janelas escurecidas, ele empurrou seu assento totalmente para trás, então me puxou para fora do meu e me colocou no colo de lado.

— Achei que a coletiva nunca terminaria. — Ele me beijou avidamente, roçando os lábios nos meus, seus dedos puxando desesperadamente minha blusa de seda.

A possibilidade de ser pega, de alguma fora, em uma posição intransigente com Alex enviou excitação através de mim.

— Você foi incrível lá em cima naquele palco. A maneira como respondeu aos repórteres e suas perguntas. Especialmente sobre mim e o idiota.

— Eu provavelmente vou ser processado por difamação ou algo parecido, mas não dou a mínima. Quis dizer cada palavra.

Lentamente acariciei sua bochecha com as costas da mão.

— Você já pensou no que quer fazer da sua carreira?

— Ainda não tenho certeza. Achei que poderíamos descobrir nosso futuro juntos.

— Ah, Alex, que sorte ter te conhecido naquele teleférico.

— A sorte foi toda minha.

— Você ainda pode esperar até próximo mês de abril para o nosso casamento?

— Amanhã seria melhor, mas posso esperar, contanto que eu possa estar com você.

— Isso você pode, bebê. — Beijei as rugas em sua testa, oferecendo garantias de que não iria a lugar nenhum.

Com os olhos brilhando de pura luxúria, ele rapidamente desabotoou a fileira de botões da minha blusa e depois a puxou com mão hábil.

— Já transou no banco da frente de um carro antes?

— Nunca — respondi, asperamente, quando a tensão sexual entre nós ficou mais quente do que um deserto.

Ele tirou meu sutiã em dois segundos.

— Que tal na mesa da cozinha, em um elevador, em um avião, na praia?

— Só na cama e no chuveiro — admiti, suavemente.

— Teremos que consertar isso. Agora mesmo. Bem aqui.

— Alex, você é terrível. — Deixei escapar uma risadinha boba de menina e arqueei as costas, oferecendo a ele maior acesso aos meus seios.

— Deixe-me mostrar a você quão terrível eu posso ser. — Ele esbanjou sua atenção em meu mamilo, lambendo-o com a língua até que ficasse duro.

— Você já mostrou — respondi, sem fôlego, meu corpo queimando com uma necessidade desesperada por este homem. — Mas quero que me mostre de novo e de novo.

— Você sabe que eu vou, minha querida Maria Patins.

— E é melhor eu ser sua primeira e única enquanto nós dois vivermos. — Dei um leve puxão em seu cabelo com os dedos.

— Você é e sempre será a única para mim — Alex me assegurou, em um tom de voz muito sério. — Desde que coloquei meus olhos em você pela primeira vez, sabia que tinha que te fazer ser minha.

— Você era um diabinho tão presunçoso naquela época. E ainda é. Mas pelo menos agora você é meu diabão e de mais ninguém.

— Isso mesmo, bebê. E nunca se esqueça disso.

Seu sorriso era tão grande e brilhante que não pude deixar de rir e deixá-lo me pegar do seu jeito pecaminosamente delicioso e perverso.

EPÍLOGO

Um ano depois de admitir meu amor por Alex, marcamos a data do nosso casamento. E finalmente esse dia havia chegado. Surpreendentemente, eu não estava nervosa. Meus pais ficaram emocionados quando dissemos a eles que nos casaríamos em Michigan. Mas então não ficaram tão emocionados quando contamos a eles que decidimos nos casar naquele pomar de macieiras onde uma vez senti a verdadeira felicidade, crescendo como uma criança. Apesar da reação negativa inicial, eles conseguiram concordar e se curvar aos meus desejos e aos de Alex.

A única discussão que nós dois tivemos ao planejar nosso casamento foi sobre qual música tocar. Eu gostava de coisas tradicionais, clássicas. Tinha que ser. Afinal, eu era uma patinadora artística. Ele gostava dos clássicos também... *heavy metal* e rock *hard core*. Mas conseguimos chegar a um acordo... como fizemos com nossas carreiras.

Com os joelhos em risco de piorar, insisti que pendurasse os patins e, depois de algumas discussões muito intensas, ele finalmente concordou. Eu havia encerrado meu contrato de um ano e estávamos vivendo bem dos investimentos de Alex e dos royalties da venda de seus pôsteres e patrocínios de produtos, assim como dos meus. Descobriríamos o que queríamos fazer com o resto de nossas vidas assim que voltássemos de nossa lua de mel.

Em uma linda tarde fresca de primavera, esperei com meu pai e o resto da festa de casamento, enquanto nossos convidados, um total de trezentos, terminavam de se sentar. Ao som inicial de *Salut D'amour,* tocada por um quarteto de cordas contratado, os jovens sobrinhos e sobrinhas de Alex começaram a cerimônia andando pelo corredor, seguidos por Chance Junior e Pixy, com uma risadinha aqui e outra ali.

Uma onda deliciosa de gargalhadas encheu o pomar.

Em seguida, seguiram-se minhas madrinhas, uma a uma: a irmã de Alex, suas cunhadas, que me receberam calorosamente na família, e depois Aubrey. No ano passado, passei a amá-la como uma irmã. Nunca tive uma antes e agora tinha ela e outras cinco. Todas pareciam absolutamente deslumbrantes em seus vestidos de alcinha azul-pastel fluindo logo após o joelho com babados em cascata no meio.

Antes que fosse a vez de meu pai me entregar, Staci, minha dama de honra e melhor amiga, agora caminhava pelo corredor com tanta graça e equilíbrio que causou admiração nos convidados.

Finalmente, chegou o momento que Alex e eu esperávamos. Com meu braço no meu pai, ele me conduziu até o altar com a Marcha Nupcial. Com o canto da boca, ele sussurrou:

— Você está linda. Tenho muito orgulho de ter você como filha.

Com lágrimas se acumulando em meus olhos, quase tropecei em meu par de saltos altos Jimmy Choo de mil dólares, como se uma fita de acolhimento estivesse amarrada em volta de mim em um grande e doce laço. Eu não podia acreditar que ele tinha dito isso para mim, mas fiquei muito feliz, o que me tocou profundamente.

Sob um túnel de macieiras arqueadas, continuamos nossa marcha em uma cama de pétalas de rosas brancas cobrindo o tapete vermelho enrolado. As únicas joias que usei foram um par de brincos de pérola e uma tiara no topo do meu cabelo, preso em um coque solto ondulado.

Minha mãe e eu tínhamos feito compras juntas, procurando meu vestido. Foi o mais próximo que já estivemos, e eu sempre seria grata pelo tempo que passamos juntas. No entanto, decidi por um vestido de baile feito de pura seda da cor marfim. A cauda de renda combinava com o decote em V e as mangas compridas. E minha mãe adorou como ficou em mim.

Faltando mais alguns passos, olhei para os padrinhos de Alex, um grupo formado por seus irmãos, Chance e Pierre. Staci ainda estava saindo exclusivamente com o francês, mas só o tempo diria se eles casariam ou não.

Meu olhar encontrou o de Alex.

Seu rosto irradiava com tanto carinho e adoração por mim, que meu coração se encheu de amor por aquele homem. Ele parecia perversamente bonito em seu smoking cinza-claro sem fraque, mas com uma gravata borboleta, camisa branca e colete combinando.

Seus irmãos também pareciam bonitos. Mas quando ficaram ao lado de outros dois padrinhos, um australiano sexy e um francês bonitão, todas as apostas foram canceladas.

Por fim, meu pai e eu chegamos ao altar improvisado. Com um beijo na bochecha, ele me entregou e se sentou ao lado de minha mãe, que sorriu para mim, enxugando as lágrimas dos olhos com um lenço de linho branco.

Entreguei a Staci meu buquê com flores frescas da primavera e encarei meu querido futuro marido, Alex. Ele murmurou a palavra "linda", pegou minhas mãos nas suas e esfregou as pontas dos meus dedos com o polegar.

Na frente de um pastor, recitamos nossos votos de casamento. Alex foi primeiro, seus olhos nunca deixando meu rosto.

— No segundo em que te vi naquele macacão de neve, fui atraído por você instantaneamente. No minuto em que subi no teleférico com você no topo daquela montanha, quis conhecê-la. A cada hora que passava com você, queria fazer de você minha esposa. Você pode ser campeã no gelo, mas no meu coração você é minha. Nunca conheci uma mulher antes que não quisesse algo de mim para si mesma ou que pudesse me enfrentar como igual e me repreender quando eu precisasse até te conhecer. Você me trouxe tanta felicidade e quero passar o resto da minha vida ao seu lado. E só do seu lado, minha linda Maria Patins.

Mais lágrimas se acumularam em meus olhos. Suas palavras me tocaram profundamente, deixando-me sem ter o que dizer. Levei alguns segundos para encontrar minha voz e compartilhar meus próprios votos com ele.

— Alex, estou tão feliz por não saber quem você era ou o que fazia da vida quando o conheci. Se eu soubesse que você era Alex Kane, um dos melhores jogadores de hóquei da liga de todos os tempos, não teria lhe dado a mínima atenção. O homem que conheci no teleférico foi o homem por quem me apaixonei. Desde o primeiro dia, você entendeu meus medos melhor do que eu. Me ajudou a lidar com eles, trazendo muito riso e alegria para minha vida. Nenhum homem jamais me perseguiu ou me defendeu como você. Nunca poderia haver mais ninguém para mim além de você, meu doce e presunçoso diabão.

Com alegria brilhando em seus olhos brilhantes, Alex colocou um anel de diamante de safira azul em meu dedo e coloquei no seu uma aliança de ouro maciço com a inscrição: "um alarme soará se for removido".

O pastor terminou a cerimônia e anunciou:

— Pode beijar a noiva.

Alex capturou meus lábios e roubou um longo beijo. Pixy soltou um alto berro, acompanhado de várias risadas. Finalmente casados, meu marido e eu dançamos pelo corredor, de mãos dadas, ao som de uma canção de amor *rock and roll*, eletrizando as ondas do ar.

Após uma recepção foda, segundo Alex, partimos sob um arco de taco de hóquei segurado pelos ex-companheiros de equipe mais próximos de

Alex e padrinhos. Então nos despedimos com todos os nossos amigos e familiares nos saudando. Estávamos passando nossa noite de núpcias em Traverse City em algum lugar e indo embora no dia seguinte para férias de duas semanas no Havaí.

Uma vez na estrada, eu estava praticamente me afogando em meu vestido, porque era muito grande.

— Para onde você está me levando? — Não pude deixar de rir, ajeitando a saia e ressurgindo dos metros de seda marfim.

— É uma surpresa. — Alex bateu no volante com o polegar como se estivesse impaciente para chegar onde quer que estivéssemos indo.

— Por favor, me diga que não é para um hotel desprezível.

— N-não. Não exatamente.

— Alex? — Minha voz subiu uma oitava.

— Posso ter pedido que viesse com uma cama vibratória e roupa íntima comestível combinando... e possivelmente um ou dois vibradores e nossa própria banheira de hidromassagem.

— Você não fez isso.

Ele me lançou um sorriso presunçoso, exibindo seus dentes brancos perolados.

— Tenho certeza que sim, querida. Ah, e eu mencionei chicotes e penas também?

— E-eu tenho uma confissão minha para fazer. Baixei uma cópia de um filme no meu iPad para assistirmos mais tarde.

— Pornô! Sua danadinha.

— Não, bobo. É aquele sobre a teoria do touro e da vaca.

— Claramente, provei que essa teoria estava errada, pois só tenho olhos para você, minha querida e doce vaquinha.

— Isso mesmo, e não se esqueça.

— Nunca. — Ele segurou minha mão e deu um aperto suave. — Mal posso esperar para começarmos nosso futuro juntos. Estou tão feliz por não ter perdido você.

— E estou tão feliz que você me deu uma segunda chance de encontrar o amor com o jogador de hóquei certo. — Segurei minha barriga e sorri. — Ah, Alex, querido, tem mais uma coisa que preciso te contar.

— Sim, amor da minha vida, o que é?

— Sobre o nosso futuro, em seis meses ele pode mudar.

— De que maneira? — Ele me lançou um olhar de lado, em seguida, rapidamente olhou para a minha mão esfregando minha barriga. — Você está falando sério? — perguntou, com os olhos arregalados.

Incapaz de conter minha excitação, assenti várias vezes, como um daqueles bonecos com a cabeça que balança.

— Sim. Nós estamos grávidos.

Alex saiu da rodovia de duas pistas e estacionamos ao lado dela. Então ele se inclinou sobre o console e me deu um beijo doce.

— Eu não posso acreditar que você me fez o homem mais feliz duas vezes em um dia. Mal posso esperar para levá-la para aquele quarto de hotel e fazer o que quiser com você.

— Não chegaremos lá a menos que você nos coloque de volta na estrada.

— Não diga mais nada. — Alex me deu outro beijo rápido. Então partimos para começar nossa nova vida juntos.

Eu era a número 1 em seu coração.

E ele era o número 1 no meu.

FIM.

OBRIGADA

Caro leitor,

Amei todos os personagens de Penelope Ward e Vi Keeland em *Cretino Abusado*. Espero que tenha gostado de ler *Diabo Presunçoso* e ver Chance, Aubrey, seu adorável filho e o bode de estimação entrelaçados na história de Alex e Madison. Foi um prazer absoluto escrever e criar romance esportivo sexy sobre segundas chances dentro deste mundo incrível e cheio de diversão de Cocky Hero. Trabalhar com essas duas mulheres, ambas autoras altamente talentosas e super solidárias, e outras escritoras incríveis da série tem sido uma experiência fantástica para mim.

Tara
www.taralames.com

CONHEÇA A TARA

Tara L. Ames, *best-seller* do USA Today, nasceu em Michigan e tem uma queda por criar histórias altamente sensuais sobre homens gostosos e corajosos e mulheres obstinadas.

Morando na Flórida, Tara escreve ativamente entre cuidar de sua família, ler e aproveitar o sol. Qigong/Tai Chi/Sudoku são seus três maiores vícios, além do chocolate.

Visite seu site e inscreva-se em sua newsletter para receber atualizações sobre novos lançamentos emocionantes, brindes escaldantes e outras notícias divertidas.

taralames.com

OUTROS LIVROS DA SÉRIE COCKY HERO

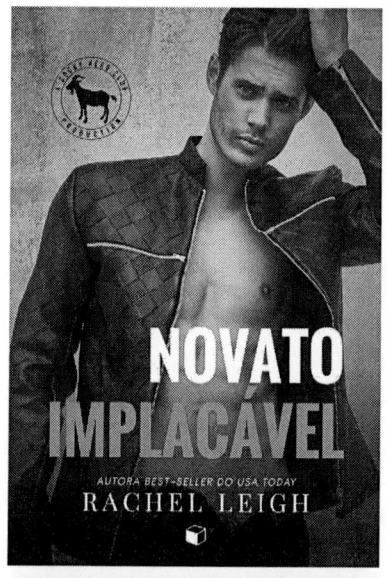

Compre o seu em:

A The Gift Box é uma editora brasileira, com publicações de autores nacionais e estrangeiros, que surgiu no mercado em janeiro de 2018. Nossos livros estão sempre entre os mais vendidos da Amazon e já receberam diversos destaques em blogs literários e na própria Amazon.

Somos uma empresa jovem, cheia de energia e paixão pela literatura de romance e queremos incentivar cada vez mais a leitura e o crescimento de nossos autores e parceiros.

Acompanhe a The Gift Box nas redes sociais para ficar por dentro de todas as novidades.

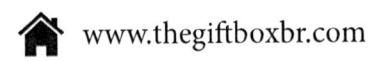 www.thegiftboxbr.com

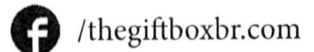 /thegiftboxbr.com

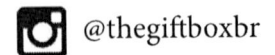 @thegiftboxbr

 @GiftBoxEditora